# 趣味象形英文字典

Author:　　　Chuyuan Yang

University of Utah　　　Bachelor of Science

University of Southern California　　　MBA

作 者 簡 介：

楊 鋤 源

美國南加州大學 USC　　　M B A

美國猶他大學　　　　　商學士

---

趣味象形英文字典　　　　　售價 新台幣 580 元

國家圖書館出版品預行編目資料

> 趣味象形英文字典 ／ 楊鋤源, Cheng-hann, Yang 作.
> --初版 .-- 臺北市 ： 楊鋤源， 2009 . 11
> 　　面 ； 公分
> 　ISBN　978－957－41－6236-9 (精 裝 )．－
> 　1. 英 語　2. 詞 彙　3. 學 習 方 法
> 　805 . 12　　　　　　　　　　　　98006033

作者：　　　　楊鋤源
共同作者：　　Cheng-hann, Yang
繪圖：　　　　楊鋤源 、 Ting-suo, Yang 、 Cheng-hann, Yang
電話：　　　　(02)2261-4252
讀者信箱：　　板橋郵局 4－96 信箱
Email：　　　 mralexyang@gmail.com
網址：　　　　www.pictographenglish.com

郵撥帳號：　 50126859　　　　　戶名：楊鋤源
出版日期：　 2009 年 11 月 初版
印刷廠：　　 沈氏藝術印刷股份有限公司

# 自　　　序

語文的學習就是一個模仿至應用的過程。 如有外在環境配合主動學習， 即使是原來不懂英文的小學生留美，長大後也多能說一口流利的美語。 但台灣日常生活上不會用到外(英)語，因此學習中需與外在環境互動的每一過程如模仿、練習、糾正、口語等應用， 學生常因沒有外語環境配合而無法與他人互動學習。 造成部分學生在英文聽→說→讀→寫的學習上表現不佳， 很多學生到大學畢業還是不能用英語順暢地表達聽說讀寫。 掌握單字的能力是學習英文最重要的一環， 如果能讓學生在富饒趣味的情境下， 快速而有效地大量增進英文單字字彙， 相信學生會更有興趣繼續在英文的聽說讀寫下功夫。

傳統上老師是以直線學習的方式教導學生， 要學生將單字以字母發音一個個組合(a-p-p-l-e， apple，apple)的方法去背誦， 但這與母語學習經驗不符。 學母語是在生活中先聽人說某字後， 再以音記義或講出該字， 或是讀書時從文章中的上下文去推出生字的意義，錯了自然有旁人更正。 聽、 說、 讀、寫是在母語環境下同時交互進行。 另外， 左腦用語言進行思考， 右腦則是以圖像進行思考。 人的大部分記憶， 是將所見所知事物以概略的圖像暫存右腦。 思考就是左腦依據存於右腦的圖像，將它所得到的訊息以邏輯分析處理、將抽象事物與思維符號化、語言化的過程。右腦綜合、左腦分析，當右腦圖像不清，左腦就可能理不清，善用兩者才能全腦學習。我將常用簡單英文字彙象形化，象形英文圖像的組成就是對事物構成的認識，先假設英文字母的 26 個大小寫字母像中文的部首一樣是具備著象形上的義意，再輔以中文象形文字的六書造字原則，如此便可將此英文單字的各字母依該單字字義合組成情境圖像，使字母便於聯想來記憶字彙，這對英文非母語的學生而言，象形化後的英文字彙便成為人類共同生活經驗圖像，而非陌生的外國字。學生學單字時先仔細觀察該字圖像的一筆一畫(字母)，然後再用字母去描繪圖像來記憶單字。讓學生能夠憑著對圖像的印象，<u>隨時隨地可在腦海畫(字)圖練習與記憶單字</u>，再正確地拼寫出單字是本書的特色，能把單字記住時自然能同步依單字拼法去做正確發音。(本書另提供音語一法，讓讀者先記單字發音再拼出單字。)

多字母字彙方面，據研究 人們可立即記憶的容量是 5 至 9 個(數)字，多字母組成的單字可將其字母分組以方便記憶。而任一象形字在字彙中可自成一個獨立單元(字)，再外加幾個字母即可產生新字，舉例如 test(考驗)加上字根的 pro(向前)及字尾 er(者)就成為→向前接受考驗的人=抗議者=protester。

例字解析（請看本書底面）

1. doll: 逆轉 90 度的 D 是身體， 兩個對稱 L 是左右手， O 是頭部。 doll 就是個象形字---洋娃娃。

2. edge: 此字中文字義是刀口、邊緣， 也就是刃， 中文的刃字在其刀口或邊緣上以一個頓點指示出這個字的意思。 英文中的 G 以環繞 EDE 所構成的象形刀子來表明此 edge 專指刀口及邊緣的意思， 故 edge 是一個指事字。

3. ranch: R 在古埃及文字中有頭的意思， 倒立反轉的 A 有牛頭的意思， 而 H 據考證是表柵欄。 我們將 n 視為馬身、馬尾及兩隻馬腳， 將 R 放在 n 上就得到馬的象形， 將 C 放在倒立 A 旁就得到牛的象形， H 放在牛馬之前當作柵欄。 從此圖我們可推知 ranch 是一個會意字----牧場。

4. howl: 此字中文字意是狼嗥或哭號，嗥與號讀音皆為ㄏㄠˊ = / haul / = howl。 這是個東西方發音上共通的形聲字。

＊字母或部首旋轉方向的概念在世界各地象形文中皆常見，如表示眼睛的中文象形字是右轉 90 度…目。


這套記圖記音的學習方法讓缺乏聽與說英語機會的學生， 也能熟記數百個字彙， 日後再強化單字能力， 閱讀時就不會常有生字干擾， 寫作時自然也會因字彙增加而更容易表達自己的想法， 此時聽說讀寫全面語言能力的提昇就指日可待了。

# 編輯及使用說明

本書包含了**英語字典**中常見功能外， 也是一本用英文字母來構圖的簡單筆畫**兒童塗鴉書**；或是以彩色圖畫認識日常事物及其意義的**圖畫書**；書中的音語一欄， 提供了用成語短句做口訣來快速記憶單字， 因此這又是一本**英語記憶學習書**。 多樣化的學習功能， 適合各類學習需求，適用讀者從看彩色圖畫的兩三歲兒童， 到上幼稚園後開始學習字母的學童， 準備基測英語考試的青少年學生， 及想要重新學英語的成人。

學習英文字母時， 一般的字母學習書只是讓孩子照字母虛線去描， 本字典將常見事物以簡單筆畫表達， 讓字母變成象形圖案中的構圖元件。 如 B 變小鳥 bird 翅膀和尾巴， O 是天神god 的光環， K 是老鷹 hawk 的爪子， 打橫小寫的 t 是飛機，家長或讀者可將書中所附的字母表影印放大， 讓學童能夠在遊戲中像尋寶般一邊將書中圖示裡的字母一一對照找出來，一邊也能富饒趣味地用畫圖方式學會英文字母的印刷體與書寫體兩種字體的大小寫。 本字典也是一本**英語密碼書**， 它有步驟地介紹各個單字的形成過程，每一個字就像是個小故事，學生可猜想如果依象形文字的假設， 如何才能將某幾個字母畫成某個意思的字， 這不也像是一種拼圖遊戲嗎？ 學生藉由淺顯易識圖像字母的組成， 自然地聯想拼出某個字義的英語單字。 兒童之間也可互相討論， 看發現了什麼密碼？ 圖裡字母代表什麼意義？ 這個字母是大寫還是小寫？ 這個字母畫畫時要不要轉一下角度？ 無形中強化兒童思考邏輯及語言想像表達能力，同時也能增進與人討論合作的人際關係。

這本字典的一字一畫面的編排可當作繪圖素材題庫， 讓孩子學習及想像如何用一個適當的情境去表達一件事物， 訓練對事物的全盤觀察能力。 同時每個單字的圖例也可以當作孩子塗鴉的底圖， 孩子在白紙上將圖用字母拼出輪廓後， 可以用自己的想像力去著色， 幫字母塗色時也同時學會了英文單字的拼法， 是幼稚園很好的學習教材。 另外背單字最大的問題是不知道怎麼發音？ 因此本書的單字後都有"音譯成語"一欄， 所謂音語乃是以國台語來模擬英語發音，以成語或短句形態協助讀者記住英語單字的中文翻譯意義， 即音語是"以成語記音譯， 以音拼單字"讓讀者立刻記住單字的形音義。成語中的紅字表示該單字的中文譯義， 括弧內的藍字代表國語發音， 綠字代表台語發音。 如高飛的英語是 soar， 諧音如同瘦鵝， 此字的音語即為"(瘦鵝)高飛"， 讀者由瘦鵝的諧音及一隻瘦鵝朝高空飛的想像場景就可記住高飛的英語單字的音義， 然後再由音去拼出單字。 但不要忘了諧音只是記單字的手段， 正確的發音還是得問老師或上網聽網路字典。

# 象形英文字母表

## 印刷體

| | | | | | | | | | | | | |
|---|---|---|---|---|---|---|---|---|---|---|---|---|
| A | B | C | D | E | F | G | H | I | J | K | L | M |
| N | O | P | Q | R | S | T | U | V | W | X | Y | Z |
| a | b | c | d | e | f | g | h | i | j | k | l | m |
| n | o | p | q | r | s | t | u | v | w | x | y | z |

## 書寫體 1

| | | | | | | | | | | | | |
|---|---|---|---|---|---|---|---|---|---|---|---|---|
| A | B | C | D | E | F | G | H | I | J | K | L | M |
| N | O | P | Q | R | S | T | U | V | W | X | Y | Z |
| a | b | c | d | e | f | g | h | i | j | k | l | m |
| n | o | p | q | r | s | t | u | v | w | x | y | z |

## 書寫體 2

| | | | | | | | | | | | | |
|---|---|---|---|---|---|---|---|---|---|---|---|---|
| A | B | C | D | E | F | G | H | I | J | K | L | M |
| N | O | P | Q | R | S | T | U | V | W | X | Y | Z |
| a | b | c | d | e | f | g | h | i | j | k | l | m |
| n | o | p | q | r | s | t | u | v | w | x | y | z |

# 目　　次

A　able ache acid add age agree aid air alarm all allow ant apple arm army arrow ask avoid award axe…………....…………………………………………....…p. 1 – 20

B　back bag bale bank barn bath bay beach bear bed bee beer bell belt best bible bike bind bird bleed blend blow body bomb bone book born boss bow bowl box boy brave bread bulb burn bus ……………………………………………...…..…..p. 21 - 57

C　cage calm camp can cane canoe cap car card cart cash castle chair check cheer chess chick child cigar city clean clear cliff climb clip clock clog close cloud coast cobra cold color comb cook cool copy core corn couch cover cow cozy crab cross crown cry cure curse cute…………....…..…………....................................p. 58 -107

D　dam dance dark dart day dear deer delay depth dig dine dip dish dog doll dome doom door dose doze drain draw dream dress drill drink drip drop drug drum drunk dry duck dunk………………………………………………........p.108 - 140

E　ear earn edge egg Egypt elf elite end equal eye………………....…p.141 - 150

F　face fail farm fart fast fat feed file fill film fire fish fist fit fix flag flash flood flour flow fluid fly fold food fool force fork form fox free fresh frog from fry fun…....p.151 – 185

G　gap gas ghost giant gift girl glad globe glory glue go goat god gold golf grape grill grip grow guard gun guy gym...………………………………....…..p.186 – 208

H　hail hair ham hard hat have hawk head heal heat hello hen herb here hero hide high hike hip hit hobby hold hole home hoof hope horse hot house hover how howl humor hunt hurt………………………………………………..…... p.209 – 243

I J　ice idea idiot idle idol ill in iron itch Japan jazz jeep jet job…………...p.244 - 257

K     key kick kid kill kind kiss knee knife knit knock knot know ...........p.258 – 269

L     ladder lady lamp lap laugh law lazy leaf learn leg lemon lie lift light limit line linen lip load log long look love low lunch ……………....…………………....p.270 - 294

M     mad maid male mall man march mayor meal menu metro milk mill mix mock model mole mood motor mouth move movie mud mug mummy mute ..…..p.295 – 319

N     nail naked nap navy near neck nest net next nod noon nose numb.…....p.320 – 332

O     oath obese obey odor off oil old on only open out oven over…….…....p.333 - 345

P Q     pad palm pan pants party pass pause pay peak peel pen pet pie piece pig pile pilot pin pitch place plan plane plant plug pond pony poor pose pour pray prop pull punch pupil puppy purse push put query queue …………………………....……p.346 - 385

R     radio rail rain raise ranch razor reach read relax rent rest rice rid ride ring rinse rise rival river road rob roll room root rope rose round rub rude rule run ……….p.386 - 415

S     sad sand say scar scare scarf scene scent scold scoop sea seal seat see seed seek send sex sexy sharp shave shed sheep shell ship shoe shop shore shot shout show sick sigh sin sing sink sip sit skate ski skill skirt skull sleep slide slim slow smile smoke snail snore soar sob solid son soup space speed spell spill stage stand start stem stop stork storm study sun super sure surf swim sword......................................................p.416 - 489

T     tail tea tear teeth tell tent test thick thin think tie time tool tour tow towel tower toy train trap tree trial trim truck try turn…………………………....……....p.490 - 515

U V     up urn USA vest………………………….…....…………….….…....p.516 - 519

W X Y Z     waist walk wall war warm wash watch water wave way wear weigh whale which whole wife wind wine wish witch wolf woman womb wood work worm write wrong yell yolk yoyo…………………….….…………….….……....…p.520 - 550

able

**able** / `eb! / 音語 (ㄟ埔)下午會來。

**adj** 能，可，會，有能力的

He is able to take care of you.

他有能力照顧你。

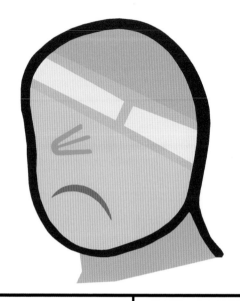

**ache** / ek / 音語 <u>會再(ㄟ擱)痛嗎？</u>

n 疼痛 vi 疼痛

The cuts in my face ache a lot.

我臉上的傷口非常疼痛。

acid

| | | |

**acid** / `æsɪd /  音語  太<u>酸會死</u>(ㄟ-SI)。

**n**【化】酸  **adj** 酸的，有酸味的

We use litmus paper to check the acid of this liquid.

我們用石蕊試紙來檢測該液體的酸。

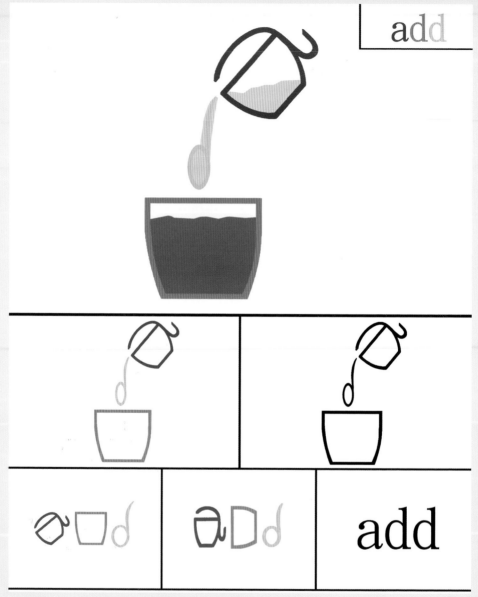

**add** / æd / 音語 增加就能(A的)到。

vt 添加 vi 增加

He is adding milk to the coffee.

他正加入牛奶到咖啡。

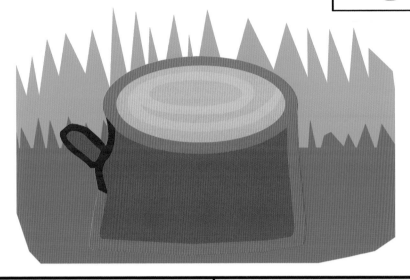

**age** / edʒ / 音語 年紀大的是(**A** 級)客戶。

**n** 年紀，年老 **vt** 使變老 **vi** 變老

We can tell the age of a tree by its growth rings.

我們可以從樹的年輪判斷它的年紀。

agree

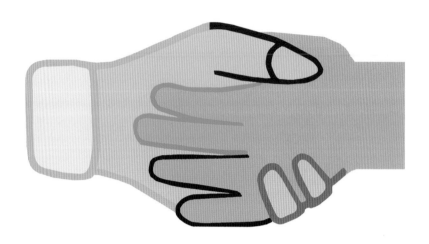

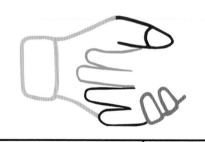 

**agree** / əˋgri / 音語 (阿貴)同意。

vt 同意 vi 同意，承認 adv 意見一致，同意

We shake hands and agree with each other.

我們握手表示相互同意。

aid

**aid**  / ed /  音語  他會(ㄟ)幫助人。

n 幫助，助手 vt vi 幫助，救助

Every house should have a First-Aid kit box.

每個住家應該要有一個救助包。

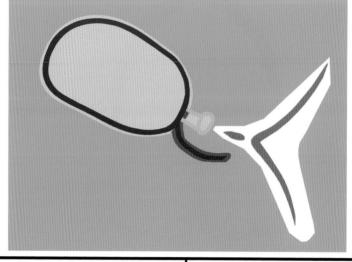

air

 air

**air** /ɛr/ 音語 鞋(ㄟˊ)要通風。

n 空氣，氣氛，空中 vt 使通風，風乾 vi 通風

He releases the air from the balloon.

他從氣球中釋放空氣。

alarm

**alarm** /ə`lɑrm/ 音語 看到(惡狼)警鈴響。

**n** 警報，警鈴 **vt** 使驚慌

He sets the alarm clock at three o'clock.

他將鬧鐘設定在三點鐘。

all

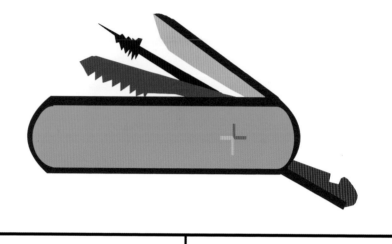

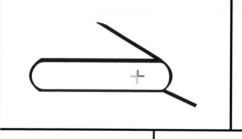

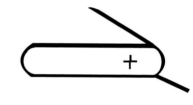

all

**all** /ɔl/ 音語 全部是(又)黑白講。

n 一切 adj 所有的，全部的 adv 完全地

A Swiss knife puts all necessary tools into one set.

一把瑞士刀把所有必要的工具安裝成一套。

10

allow

**allow** / ə`laʊ / 音語 (二老)允許婚事。

**vt** 允許，同意，許可 **vi** 容許

He allows us to enter his lab with an OK gesture.

他用一個 OK 的手勢允許我們進入他的實驗室。

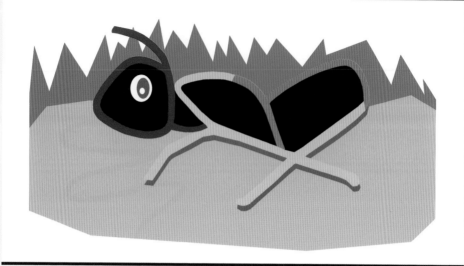

ant

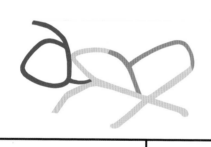

a r ✗ ✗    a n t    ant

**ant** / ænt /  音語  螞蟻搬(ㄟ ㄅ-ㄐ)胭脂粉。

n 螞蟻

This ant is looking for food.

螞蟻正在找食物。

apple

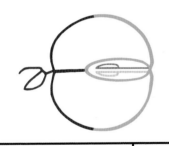
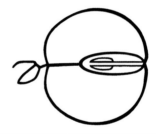

**apple** / `æp!/ 　音語　賣蘋果的(ㄟ博)會吹牛。

n 蘋果

Mom slices an apple into two pieces.

媽媽將一顆蘋果切開成兩片。

ᑤᖰᗰ  ARM  arm

**arm**  / ɑrm /  音語  伯母(阿 m~)的手臂。

**n** 手臂

His right arm looks very strong.

他的右臂看起來非常強壯。

ORMY army

**army** / `ɑrmɪ / 音語 (阿美)愛看軍隊演習。

n 軍隊

Our army is ready to strike back the invading enemy.

我們的軍隊已準備好要將進犯敵人擊退。

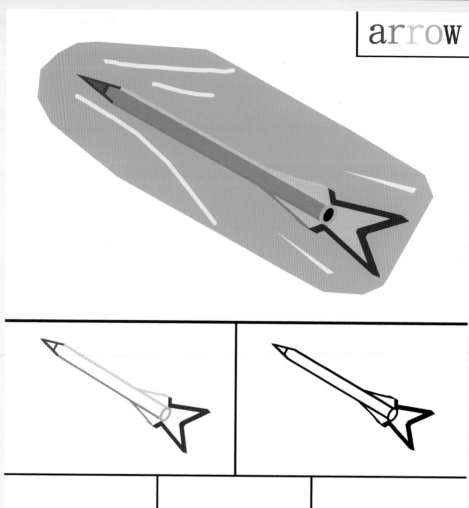

**arrow** / `æro /  音語  箭射(A 鑼)。 <A 面鑼爲靶>

n 箭，箭號

An arrow flew in front of my eyes.

一隻箭在我的眼睛前面飛過。

ask

**ask** / æsk / 音語 (阿世哥)問老師。

**vt** 問，要求，邀請　　**vi** 詢問，請求

Sir, may I ask you a question?

老師，我可以問你一個問題嗎？

**avoid** / ə`vɔɪd / 音語 我避開(二婆姨的)家。

**vt** 避免，避開，躲開

She raises a sign to avoid cars driving into a pit.

她舉著一個標誌來避免車輛開進一個坑洞內。

award

**award**　/ ə`wɔrd /　音語　獎品是(訛我的)。　<訛=騙>

**n** 獎，獎品，獎狀　**vt** 授予，給予

Finally, he wins the award in this game.

最後，他贏得在這次比賽中的獎。

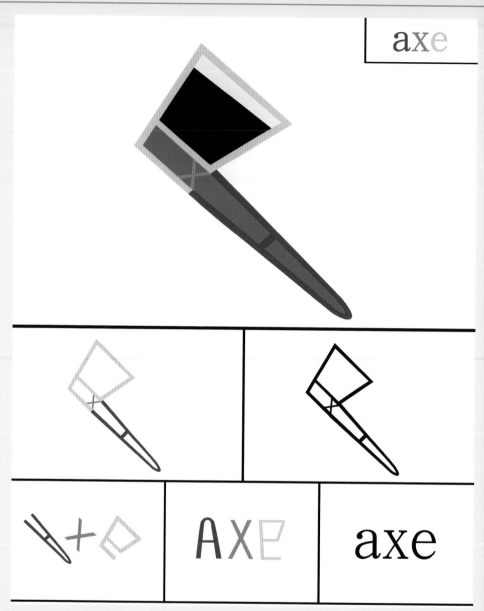

axe

**axe** / æks / 音語 人(矮可是)拿斧頭。

**n** 斧頭 **vt** 用斧劈

The farmer spends eighty dollars for this axe.

這農夫花八十元買了這支斧頭。

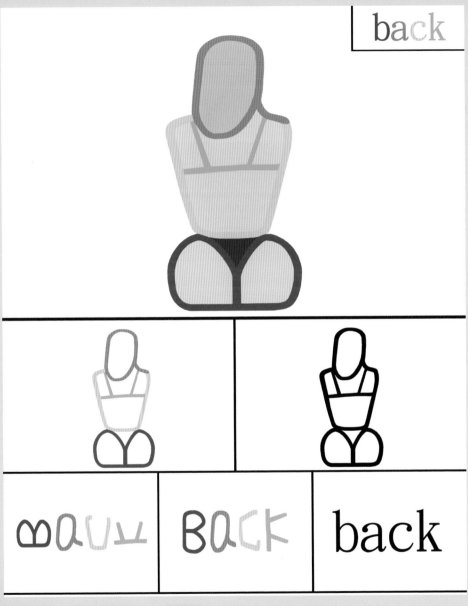

back

maux BACK back

**back** / bæk / 音語 她用(貝殼)搔背。

**n** 背，後部 **vt** 支持 **adj** 後面的 **adv** 回原處

She puts suntan lotion on her back.

她在她的背上抹些防曬乳。

BALL BAG **bag**

**bag** / bæg / 音語 她的<u>手提包(被割)</u>破。

**n** 手提包，袋

She has a leather bag.

她有一個皮製手提包。

bale

**bale** / beɪl / 音語 他把捆包(背後)面。

**n** 捆包 **vt** 打包

We packed the stuffing material into bales.

我們將填充原料包裝成爲捆包。

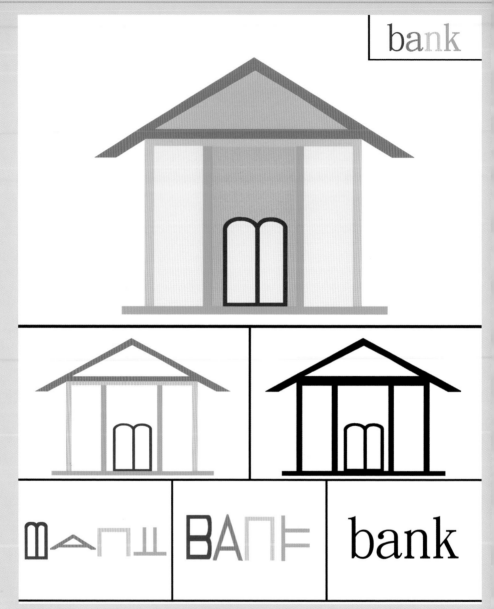

**bank**　／ bæŋk ／　音語　該是銀行(變革)的時候了。

**n** 銀行　**vt** 存於銀行　**vi** 銀行往來

This bank is located in a grandiose building.

這家銀行設在一個宏偉大樓裡。

barn

barn  / bɑrn /  音語  在穀倉(幫)忙。

n 穀倉

Farmers store their hay and grain in barns.

農人們在穀倉中儲藏他們的乾草與穀物。

25

bath

**bath** / bæθ / 音語 汗流(背溼)洗澡去。

n 澡盆，洗澡 vt vi 洗澡，浴

He takes a hot water bath every night.

他每晚都要洗一個熱水澡。

**bay** / be / 音語 往(北)是海灣。

**n** 海灣

Our boat just left the bay in this morning.

我們的船早上才剛離開海灣。

# beach

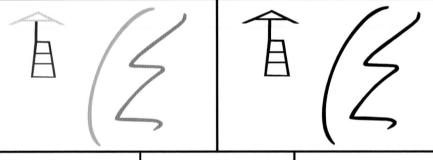

**beach** /bitʃ/ 音語 颱風時(避去)海灘。

n 海灘,沙灘,海濱

I like sitting on this beach.

我喜歡坐在這個沙灘上。

bear

BEDT BEAR bear

**bear** / bɛr / 音語 熊-忍受-(被餓)。

n 熊 vt 負擔，忍受，產生 vi 承受

I saw a little bear in the zoo.

我在動物園裡看到小熊。

bed

**bed** / bɛd / 音語 喜歡(別的)床。

**n** 床，基座，苗床

France Bed Co. produces the best bedding products in Japan.

法蘭西床公司製造日本最好的床上用品。

**bee** / bi / 音語 蜜蜂(比)人勤勞。

**n** 蜜蜂，勤勞的人

A bee flew into our garden.

一隻蜜蜂飛進我們家花園。

**beer** / bɪr / 音語 (比爾)啤酒喝不多。

**n** 啤酒

Let's have a beer after work.

下班後我們去喝杯啤酒吧。

bell

**bell**  / bɛl /   音語   玩門鈴(被吼)。

**n** 鈴，鐘，門鈴，鈴聲 **vt** 繫鈴於

Mary buys a new bell to decorate her door.

瑪莉買了一個新門鈴來裝飾她的門。

belt

| belt | / bɛlt / |
|------|----------|

音語　我用帶子(背我子)。

**n** 帶子，地帶，皮帶　**vt** 以帶繫住

I have a belt just like this one.

我也有一條跟這條一樣的皮帶。

best

BEST BEST best

**best** / bɛst / 音語 (北市)最好的高中。

**n** 最好 **adj** 最好的 **vi** 最好地

"You are the best" said the teacher with his thumb up.

老師豎起他的大拇指說"你是最好的"。

**Bible**　　/ ˋbaɪ bḷ /　宗教字

**n** 聖經

A candle lights up your way, a Bible lights up your life.

蠟燭可照亮你要去的路，　聖經可照亮你的生命。

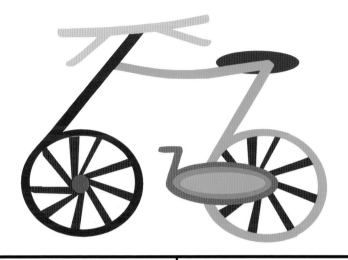

bike

**bike** / baɪ k / 音語 (白鴿)牌腳踏車。

**n** 腳踏車

Riding a bike is popular in this country.

這國家的人喜歡騎腳踏車。

bind

  bind

**bind** / baɪnd / 音語 他被(擺橫的)捆綁。

n 捆綁，困境 vt 捆，綁，裝訂 vi 黏合

Bandits use a rope to bind up the hands of a hostage.

綁匪將人質雙手以繩子綁緊。

**bird**  / bɜˑd /  音語  一隻(笨的)鳥。

**n** 鳥，禽

A bird stays on top of the tree.

有隻鳥停在樹上。

bleed

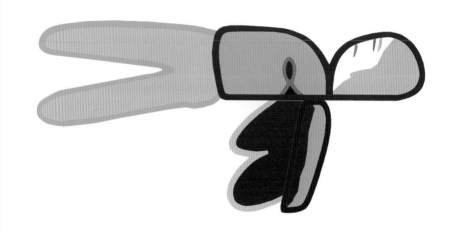

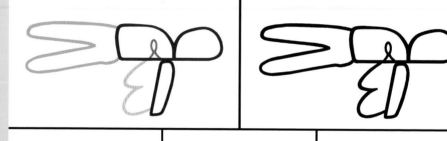

**bleed** / blid / 音語 被(不利的)刀刺流血。

**vt** 榨取 **vi** 流血

The anti-war protester lies on the street bleeding.

反戰示威者倒臥街上並正在流著血。

blend

**blend** / blɛnd / 音語 混合成(不黏的)果汁。

**n** 混合 **vt** 使混合 **vi** 混合

The blending machine cuts and blends fruit into juice.

果汁機可以把水果切碎及混合成果汁。

blow　　/ blo /　音語　將氣球吹高(不落)。

n 吹　vt 吹　vi 吹

He blows up the balloon and keeps it floating in the air.

他吹著氣球並讓它在空中飄浮著。

body

**body** / `bɑdɪ / 音語 他是靠身體稱(霸地)。

**n** 身體，肉體，軀幹，物體，正文

He is very proud of his strong body.

他很自豪於他的強壯身體。

43

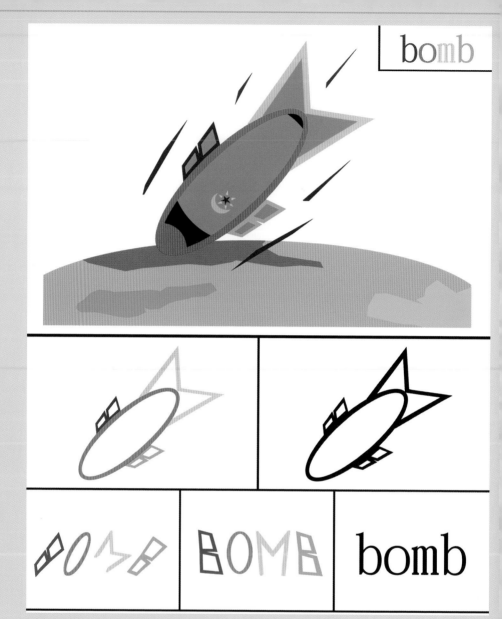

**bomb** / bɑm / 音語 放(bam)炸彈。

n 炸彈 vt 轟炸 vi 投彈

When bombs start falling, it means everything is too late.

當炸彈開始散落時， 它意味著所有事已經太遲。

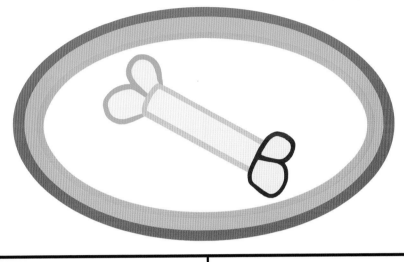

bone

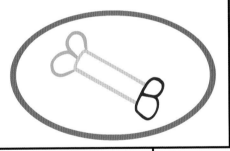 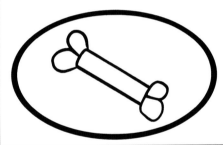

**bone**　/ bon /　音語　磅(bon)骨頭多重。

n 骨，骨頭，骨骼

My wife leaves a bone in the plate for her dog.

我太太留了一隻骨頭在盤子內給她的狗。

  book

**book** / bʊk / 音語 書(不可)不念。

n 書本 vt 預訂 vi 預訂

Open the book, kids.

孩子們，打開書本。

born

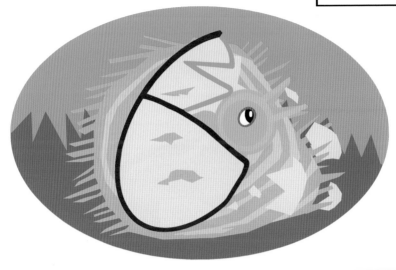

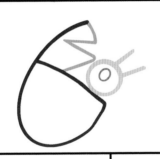 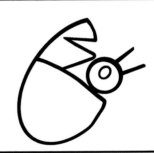

**born** / bɔrn / 音語 石頭蹦(bò-n)出悟空生。

vi 生(bear 的過去分詞)，出生 adj 出生的，天生的

A chick is born.

小雞出生了。

boss

boss / bɔs / 音語 (博士)老闆。

**n** 老闆

My boss gives me orders.

我老闆給了我一些命令。

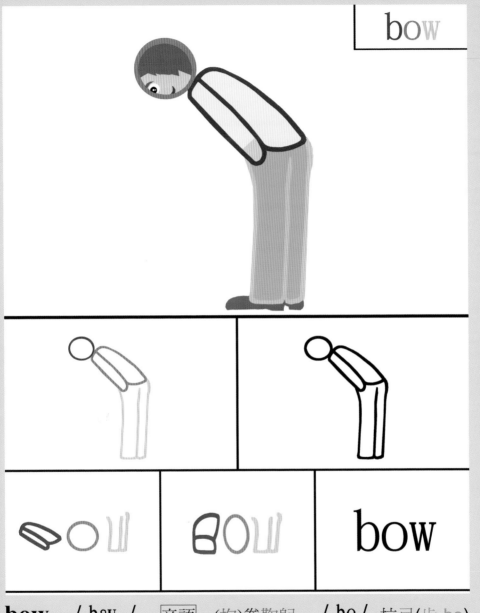

bow / baʊ / 音語 (抱)拳鞠躬。 / bo / 拉弓(步-bo)。

**vt** 彎身，低頭 **vi** 鞠躬，彎曲 **n** 弓，蝴蝶結

Japanese bow to each other when they meet.

當日本人相遇時會相互鞠躬。

bowl

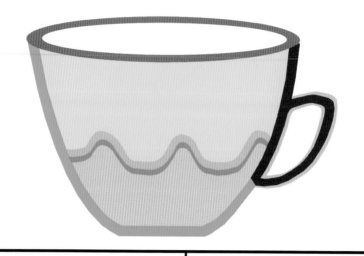

$b o w l$    $b O W L$    bowl

**bowl**  / bol /  音語  補(bol)碗。  鉢(ㄅㄛ-bo)碗。

n 碗，鉢

We use bowls to hold rice.

我們用碗來裝米飯。

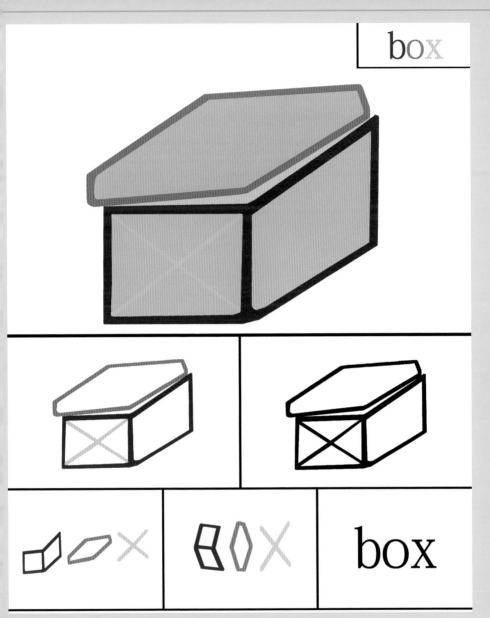

**box** / bɑks / 音語 盒子上有(八個字)。

**vt** 裝箱 **n** 箱，盒

Guess what is in this box?

猜猜看盒中的東西是什麼？

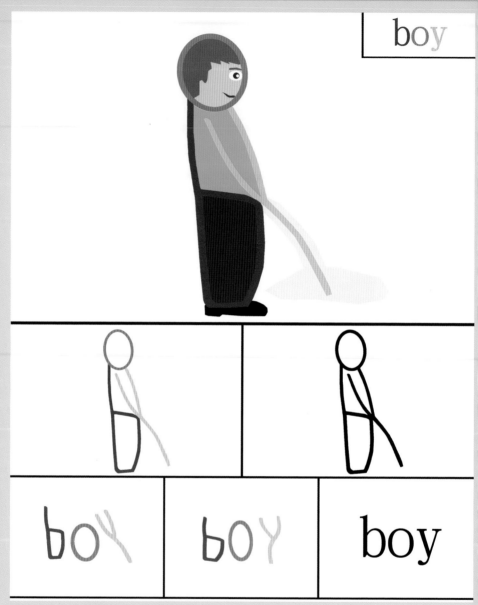

**boy** / bɔɪ / 音語 這男孩擅(博奕)之術。

n 男孩，男侍

The naughty boy is peeing.

頑皮的男孩正在灑尿。

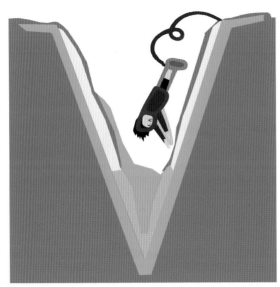

brave

BRAVE BRAVE brave

**brave** / brev / 音語 這勇士(背負)重任。

n 勇士 vt 敢於冒著... adj 勇敢的

People who try to bungee jumping are brave.

會去嘗試高空彈跳的人是勇敢的。

**bread** / brɛd / 音語 他做麵包(不累的)。

**n** 麵包 **vt** 灑麵包屑

This bakery offers different kinds of bread.

這家麵包店提供很多不同種類的麵包。

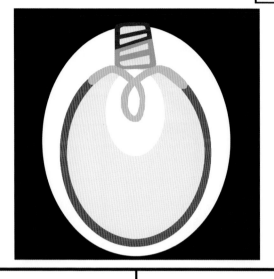

bulb

**bulb**　／ bʌlb／　音語　(爆破)燈泡。

n 球莖，電燈泡

The first bulb was invented by Edison.

第一顆燈泡是愛迪生發明的。

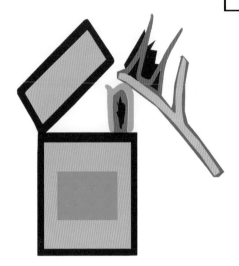

burn

burn burn burn

**burn** / bɝn / 音語 疾如(奔)火燒。

n 燒傷，灼痛感 vt 火燒 vi 燃燒，著火

I use a lighter to burn the twig.

我用打火機燃燒樹枝。

**bus** / bʌs / 音語 (巴士)就是公車。

**n** 巴士，公車

Here comes my bus finally.

我的巴士終於來了。

cage

CAƧш CAƧE cage

**cage** / kedʒ / 音語 籠子(可以擠)五隻鳥。

n 籠子

After the birds flew away, this cage is empty.

自從鳥飛走後， 這籠子是空的。

58

## calm

**calm** / kɑm / 音語 (看)著平靜的海。

**n** 安靜 **vt** 使平靜 **vi** 鎮定下來 **adj** 平靜的

The storm has passed and the sea is calm now.

暴風雨過後， 大海重歸平靜的。

ᒪᐃᗰᑭ ᒪᐃᗰᑭ camp

**camp** / kæmp / 音語 (坎坡)紮營。

**n** 野營，帳篷 **vt** 使紮營於 **vi** 紮營，露營

We set up our camp beside the lake.

我們在湖邊搭設我們的帳篷。

**can** / kæn / 音語 丟擲(ken)罐子。

n 罐 v.aux 能，會

After finishing the drink, crush the cans and recycle them.

喝完飲料之後， 將罐子壓扁並將它們回收。

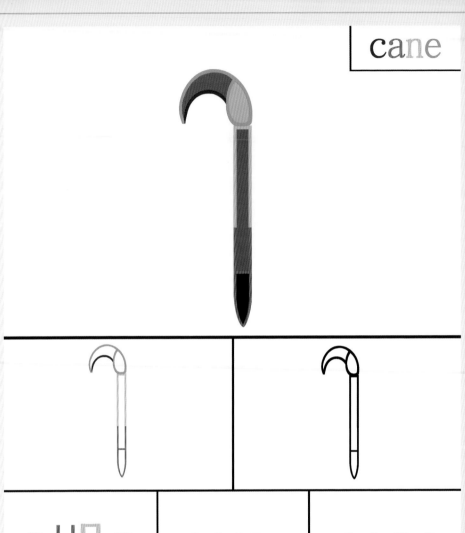

cane

cane   / ken /   音語   他不(肯)拿拐杖。

**n** 手杖，枴杖，藤條 **vt** 杖打，鞭笞

This old man walks with a cane.

這老人拄著枴杖走路。

canoe

CANOE canoe

**canoe** / kə`nu / 音語 你(可努)力划舟嗎？

**n** 獨木舟 **vt** 用舟載運 **vi** 划舟

Pioneers canoed across the sea and settled here.

拓荒者划舟越過大海並在此定居。

63

cap

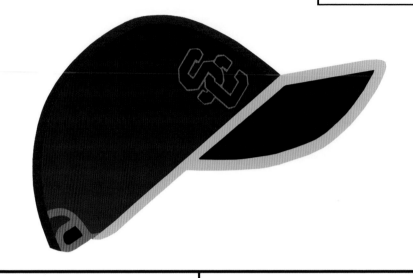

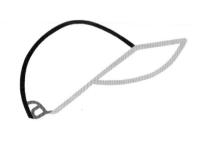

cap / kæp / 音語 棒球帽放(-ke)哪？

n 無邊帽，棒球帽，蓋 vt 加蓋於 vi 脫帽致敬

How many caps do you have?

你有多少頂棒球帽？

car

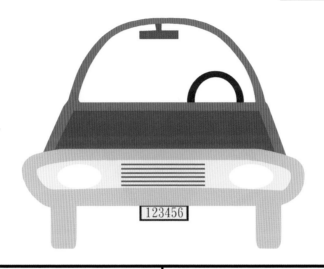

car

**car** / kɑr / 音語 (卡)車。

**n** 汽車

I want to buy a car.

我想要買一輛汽車。

card

**card** / kɑrd / 音語 (卡爾的)名片。

n 紙牌，撲克牌，卡片，名片 vt 記入卡片

The magician is famous for card tricks.

這個魔術師以玩撲克牌聞名。

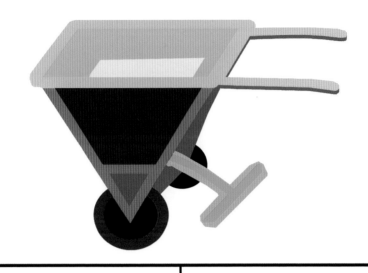

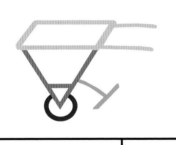
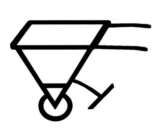

ㄇㄚㄈㄚ CART cart

**cart** / kɑrt / 音語 (卡紙)做的手推車。

**n** 手推車 **vt** 用車裝運 **vi** 載運

This is a cart for moving material.

這是輛用來搬運材料的手推車。

67

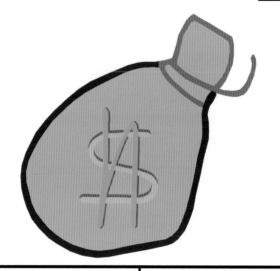

cash

cash cash cash

**cash** / kæʃ / 音語 錢(可以洗)嗎？

n 現金，錢 vt 兌現

Robbers ask bank clerks to put all cash into sacks.

搶劫者要求銀行員將所有現金放入袋中。

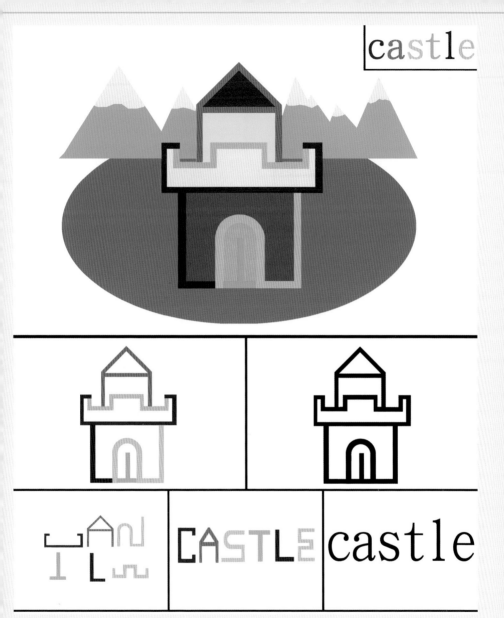

castle

**castle** / `kæs!/ 音語 這城堡(可以守)多久?

n 城堡

Home is the castle of a person.

家是一個人的城堡。

chair

CHAIR CHAIR chair

**chair** / tʃɛr / 音語 (姐兒)坐椅子。

**n** 椅子 **vt** 主持

This chair is reserved for him.

這椅子是爲他保留的。

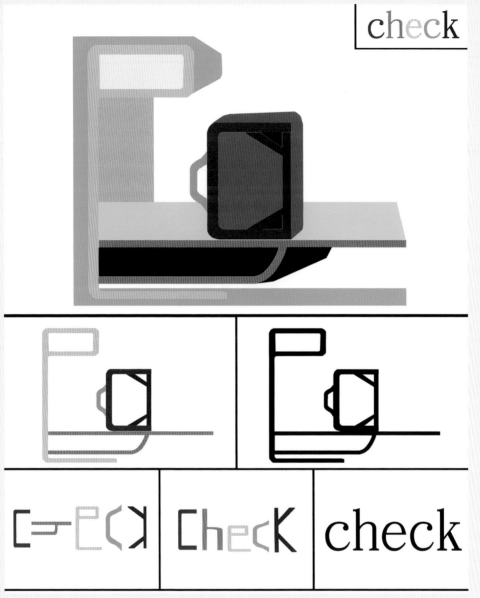

check

**check** / tʃɛk / 音語 檢查(缺課)表。

n 檢查，支票 vt 檢查，檢驗 vi 查對，查核

It is necessary to check all luggage before boarding a plane.

登機前檢查所有的行李是必要的。

cheer

∪H∞∞Я CHee Я cheer

**cheer** / tʃɪr / 音語 歡呼(齊賀)任務成。

n 歡呼，高興，激勵 vt 歡呼，使振奮 vi 感到高興

This boy cheers for the new toy.

這男孩為了新玩具感到高興。

72

chess

⊔⊓ЕΛ⊃⊃ CHE⊃⊃ chess

**chess** / tʃɛs / 音語 (解釋)西洋棋玩法。

**n** 西洋棋

His hobby is playing chess.

他的興趣是下西洋棋。

chick

chick

**chick** / tʃɪk / 音語 (七個)小孩。

**n** 小雞，小孩，小妞

A chick is playing there.

一隻小雞在那玩耍。

child

chi1d

**child** / tʃaɪld / 音語 他(踹我的)小孩。

n 小孩，兒童，子女，孩子氣的人，產物

Don't leave your child out of your sight.

不要讓你的小孩離開你的視線。

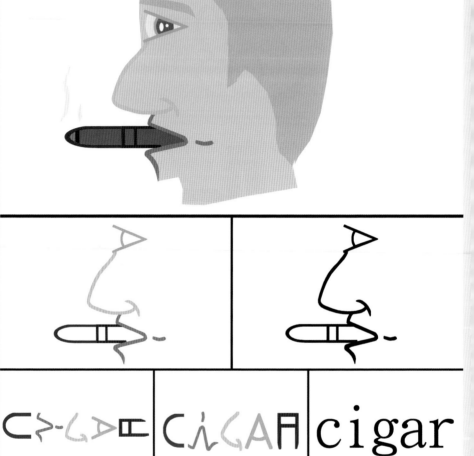

**cigar** / sɪˋgɑr / 音語 (是咬)隻雪茄。

**n** 雪茄

One of his hobbies is smoking a cigar.

他的嗜好中有一樣是抽雪茄。

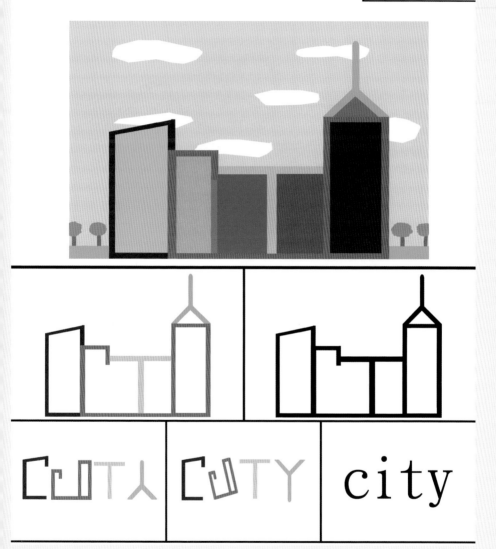

city

**city** / `sɪtɪ / 音語　大雨(洗滌)城市。

n 城市，都會，全體市民　**adj** 城市的，都市的

Which city is the most comfortable to live in?

最適合人類居住的城市是哪一個？

# clean

**clean** / klin/ 音語 (可領)打掃工具了。

n 打掃 vt 把...弄乾淨，清掃 vi 被打掃 adj 乾淨的

Mom cleans our house once a week.

媽每一星期清掃一次房子。

# clear

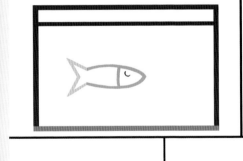

 CIΣAΠ clear

**clear** / klɪr / 音語 (蛤蠣兒)在清澈的水裡吐沙。

vt 使乾淨 vi 變清澈 adj 清澈的，透明的 adv 清晰地

The glass fishbowl is clean and clear.

這玻璃魚缸是乾淨清澈。

# cliff

CLiFF    cliff

**cliff**  / klɪf /  音語  懸崖(可立乎)？<可以站立懸崖上嗎

n 懸崖，峭壁

This cliff looks very steep.

這斷崖看起來很陡峭。

# climb

**climb** / klaɪm / 音語 攀登(克難)坡。

**n** 攀登 **vt** 攀登，爬，沿著...攀緣 **vi** 攀爬，漸升

I climb mountains every weekend.

我每一個周末爬山。

81

clip

clip / klɪp / 音語 (蛤蠣不)夾人。

n 夾，迴紋針，剪 vt 夾牢，修剪 vi 夾住，剪

I put papers on a clipboard.

我把紙張放在平板夾內。

clock

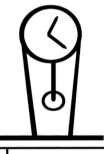

ᑐㅣㅇ<ㅍ ᑕㅣㅇ<ㅏ clock

**clock** / klɑk / 音語 商業街(可拉客)買時鐘。

**n** 時鐘 **vt** 為...計時 **vi** 打卡

This is an old clock.

這是一個古老的時鐘。

clog

**clog** / klɑg /　音語　(可拉哥)去清馬桶阻塞。

**n** 障礙物，木屐 **vt** 塞滿，阻塞 **vi** 塞滿，阻塞

The toilet is clogged.

這馬桶被阻塞了。

# close

**close** / kloz / 音語 (閣樓誌)已關門大吉。

**n** 結束 **vt** 關上，關店，結束 **vi** 關閉，關門

Please close the door when you leave the office.

離開辦公室時請將門關好。

# cloud

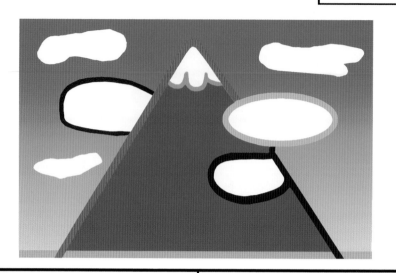

**cloud** / klaud / 音語 雲變黑(可老的)走不動。

n 雲朵，雲狀物，雲集 vt 覆蓋，遮蔽 vi 變暗

The top of the mountain is surrounded by clouds.

這山的頂端正被雲朵圍繞著。

# coast

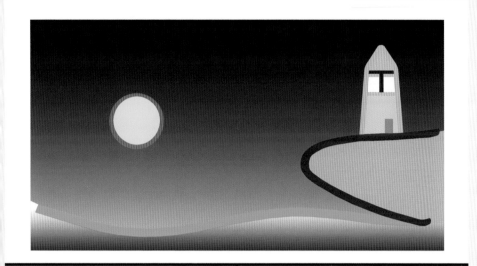

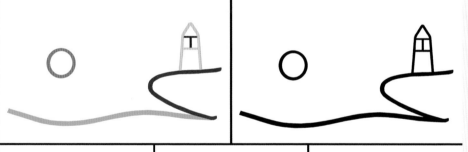

COAT   COAST   coast

**coast** / kost / 音語 海岸邊(構思)。

**n** 海岸，沿海地區 **vt** 沿...岸航行 **vi** 沿岸航行

The scene of this coast is beautiful.

這海岸的景色是美麗的。

cobra

COBRA COBRA cobra

**cobra** / ˋkobrə / 音語 <u>再賭(ko-bra)眼鏡蛇</u>。

**n** 眼鏡蛇

Have you ever seen a cobra?

你看過眼鏡蛇嗎？

cold

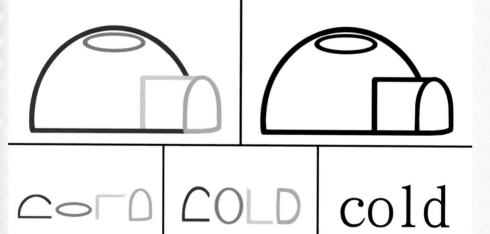

cold / kold / 音語 沒(口德)令人感冒。

**n** 感冒，寒冷 **adj** 寒冷的，不友善的 **adv** 完全地

The igloo of the Eskimo is designed for cold weather.

愛斯基摩人的冰屋是爲了寒冷的氣候設計的。

89

color

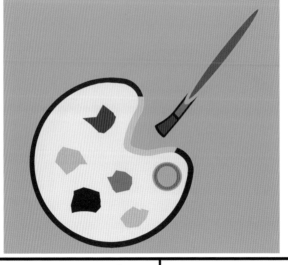

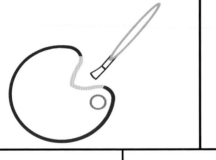  color

**color** /ˋkʌlɚ/ 音語 彩色(卡熱)門。

n 顏色，彩色，臉色，膚色，顏料 vt 著色 vi 變色

He squeezes several colors on the palette.

他在調色盤上擠了幾種顏料。

comb

comb    / kom /    音語    梳子有(孔)。

n 梳子，毛刷，梳理 vt 梳理，徹查 vi 湧起

A comb is a piece of plastic with teeth to clean hair.

梳子是用來清潔頭髮的一片有齒塑膠製品。

cook

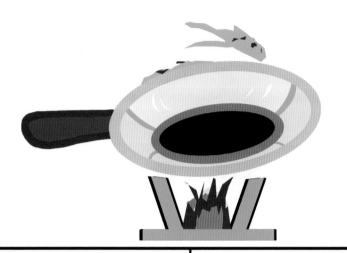

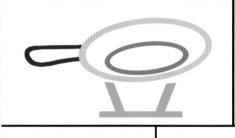 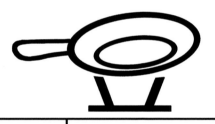

COOk COOk cook

**cook** / kʊk / 音語 (苦個)三年當廚師。

**n** 廚師 **vt** 烹煮，調理，捏造 **vi** 燒菜，煮

Mom cooks dinner for us every day.

媽每天爲我們煮晚餐。

**cool** / kul / 音語 (酷喔)真涼爽。

**n** 涼爽 **vt** 使涼快 **vi** 變涼，冷卻 **adj** 涼的，冷靜的

The electric fan will soon cool the air.

電扇很快會將空氣變涼爽了。

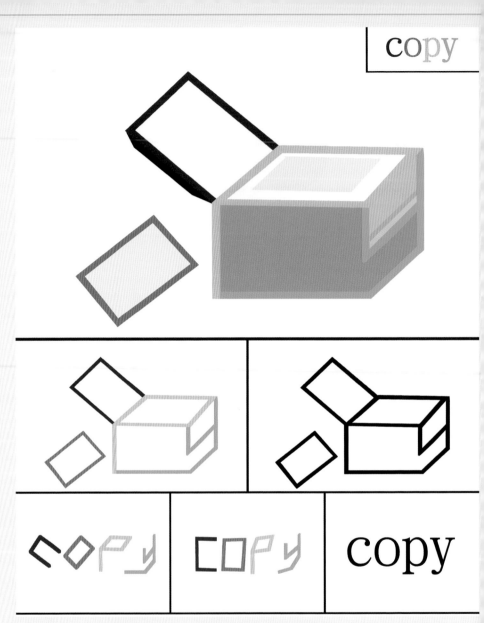

**copy** / `kɑpɪ / 音語 複製(卡幣)。 <卡式錢幣>

n 副本，複製品，拷貝，份 vt vi 抄寫，複製，模仿

Please use the copy machine to make 10 copies of this report

請用這影印機將此報告做十份副本。

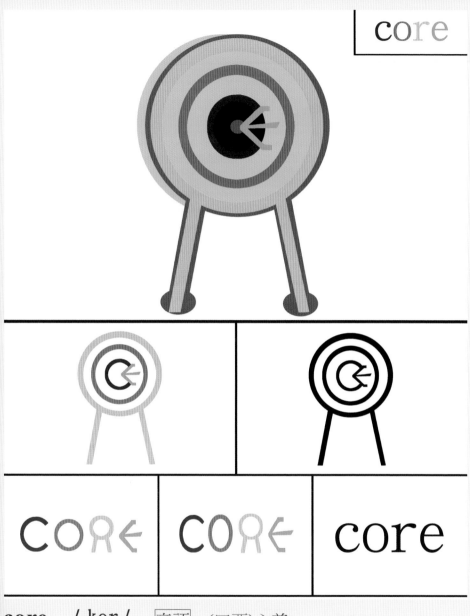

core

**core** / kor / 音語 (口惡)心善。

**n** 果核，核心，中心，精髓 **vt** 除核，挖去…的果心

Core means the central part of the target.

核心表示目標的中心部份。

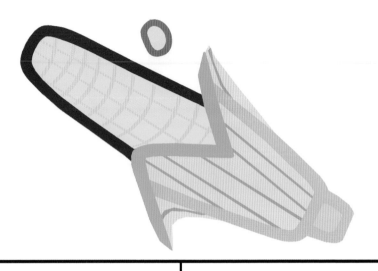

corn

**corn** / kɔrn / 音語 (焢)玉米。 <焢=悶煮>

**n** 玉米，雞眼 **vt** 播種，用玉米餵

Corn is not only for food but also a resource of energy.

玉米不只是作為食物也是一種能源資源。

couch

couch / kaʊtʃ / 音語 (高級)睡椅。

n 長沙發，睡椅 vt 使躺，備攻 vi 躺臥，蹲著，埋伏

He is always lying on the couch.

他老是躺在沙發上。

97

**cover** / `kʌvɚ / 音語 蓋子(卡嘸)沒蓋好。

n 蓋子，封面 vt 遮蓋，覆蓋，掩藏，適用 vi 頂替

This cup has a cover.

這杯子有個蓋子。

COW

**cow** / kaʊ / 音語 (狗)戲弄牛。

n 母牛，奶牛

We raise cows for producing milk.

我們飼養乳牛以取得牛奶。

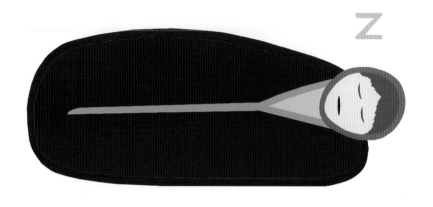

 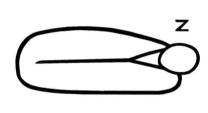

COZ< COZY cozy

**cozy** / `kozɪ / 音語 (夠擠)不舒適的。

n 保暖罩 adj 舒適的

A down sleeping bag is the best cover for a cozy night.

要有一個舒適的夜晚， 羽絨睡袋是最好的被蓋。

crab

ᑎᑌᖴᏋ CAAB crab

**crab** / kræb / 音語 這螃蟹(貴吧)。

n 蟹，巨蟹座，起重機 vt 爪抓，抱怨 vi 捕蟹，抱怨

It is wonderful to have a crab dinner in the autumn.

秋天能來個螃蟹晚餐就太好了。

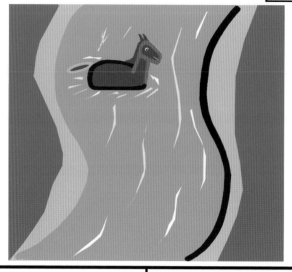

cross

CROSS　CROSS　cross

**cross** / krɔs / 音語 (國事)苦難須越過。

n 十字架，苦難 vt 越過 vi 橫越，橫渡 adj 發怒的

A horse is crossing a river.

一匹馬正在橫渡一條河。

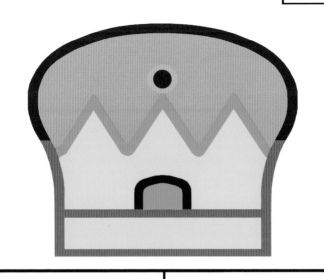

crown

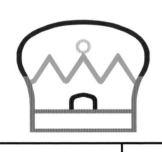

**crown** / kraun / 音語 把王冠(框)起來。

n 王冠，王位，榮冠，克朗幣，圓頂 vt 為...加冕

Only a king can wear a crown on his head.

只有國王可以在頭上戴王冠。

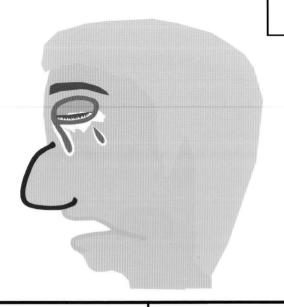

cry

CRY cry

**cry** / kraɪ / 音語 (會)計哭了。

**n** 哭，鳴叫，呼喊 **vt** 哭出，叫喊 **vi** 哭，吠，呼喊

The old man is crying because he lost his job.

這老男人正在哭因為他失去了他的工作。

cure

**cure** / kjʊr / 音語 (求好)治療。

**n** 治療，療法，痊癒 **vt** 治療 **vi** 受治療

The priest said he can cure diseases by praying to God.

這牧師聲稱他可藉由向神禱告來治療疾病。

CURSe CURSe curse

**curse** / kɜs / 音語 詛咒(客死)他鄉。

n 咒語，詛咒 vt vi 詛咒，咒罵

She curses her irresponsible ex-husband.

她咒罵她不負責任的前夫。

**cute** / kjut / 音語 (求子)可愛的。

**adj** 漂亮的，可愛的，聰明的

This dressed up Indian boy is cute, isn't he?

這個裝成印地安男孩是可愛的， 不是嗎？

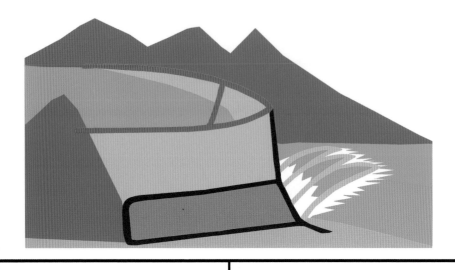

dam

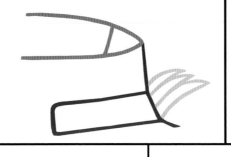

dam

**dam** / dæm / 音語 展(dem)示水壩。

**vt** 築壩於 **n** 水壩

It is one of the largest dams in the country.

這個水壩是該國最大的水壩之中一個。

**dance**　　/ dæns /　　音語　　她上電視(den-si)跳舞。

**vt** 跳…舞　**vi** 跳舞　**n** 舞蹈，舞會

Jane likes dance.

珍喜歡跳舞。

dark

dark  / dɑrk /   音語   黑夜裡(打歌)。

**n** 黑暗，黑夜 **adj** 黑暗的

You need a torch if you are afraid to walk in the dark.

如果你怕在黑暗中走路，你需要一根手電筒。

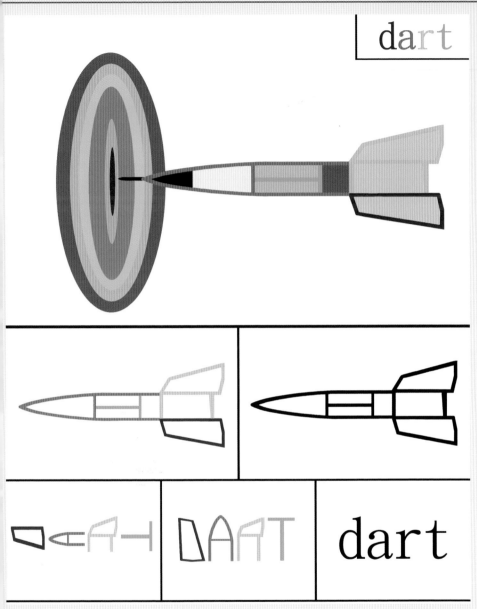

**dart** / dɑrt / 音語 (鏢子)射飛鏢。

n 飛鏢，標槍，猛衝，縫褶 vt 投擲 vi 猛衝

Men are playing the dart game.

男人們正在玩射飛鏢遊戲。

day

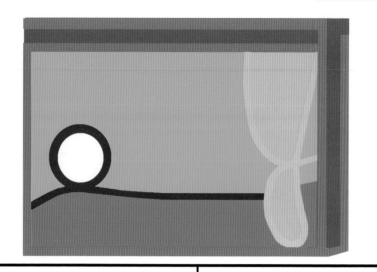

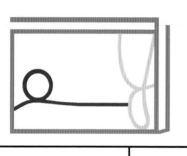 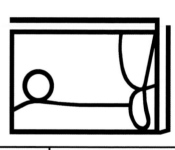

**day** / de / 音語 事(得)做一天。

**n** 一天，日，白天

I start to work every day when the sun is rising.

我每一天當太陽升起時開始工作。

deer

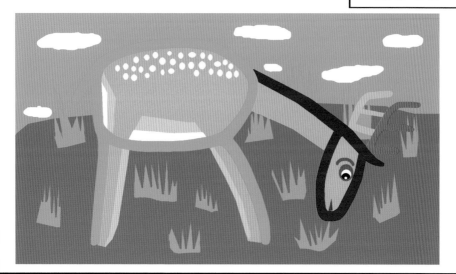

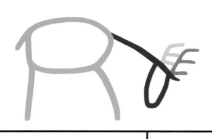

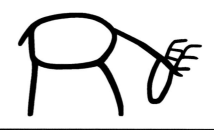

ƆEER | dEER | deer

**deer** / dɪr / 音語 鹿跑(第二)。

**n** 鹿

It is rare to see deer in the wild.

在野外鹿是很罕見的。

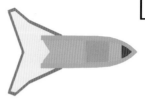

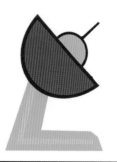

**delay**   / dɪ`le /   音語   延誤(蒂蕾)發育。

n 延遲 vt 延遲，延誤 vi 拖延，耽擱

The radar informs a space shuttle to delay all missions.

雷達通知太空梭延遲所有任務。

depth

**depth** /dɛpθ/ 音語 深度(跌破四)倍。

**n** 深度，深奧，深處

What is the depth of the submarine now?

潛水艇現在所在的深度為何？

dig

**dig** / dɪg / 音語 <u>挖掘(地殼)</u>。

**vt** 挖掘,戳 **vi** 挖掘 **n** 發掘,挖苦

I use a spade to dig into the ground.

我用鏟子挖掘地面。

**dine**　/ daɪ n /　音語　等(待 n)吃飯。

**vt** 宴請，招待膳食　**vi** 吃飯，用餐

What are we going to dine on later?

我們待會要吃點什麼？

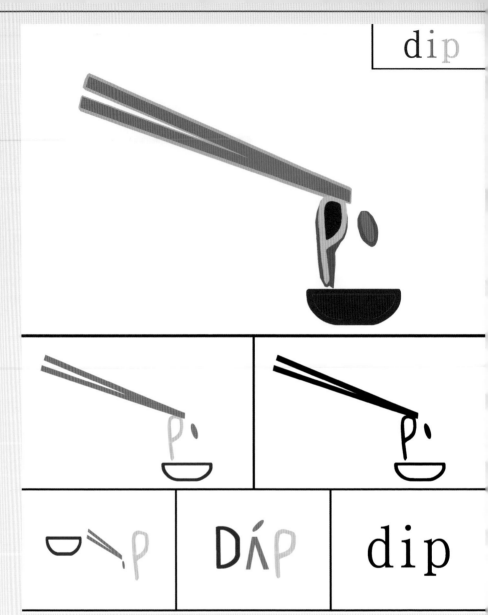

**dip** / dɪp / 音語 浸到(底部)。

n 浸泡，蘸 vt 浸，沾 vi 浸一下，掏

It is tasty if you dip sushi in bean sauce.

吃壽司時沾點醬油會更好吃。

dish

**dish** / dɪʃ / 音語 (弟媳)擺餐盤。

n 碟，餐盤，餐具，菜餚 vt 盛於碗盤中

The chicken in the dish looks delicious.

餐盤中的雞肉看起來很可口。

dog

dog

**dog** / dɔg / 音語 狗(逗鴿)。

**n** 狗

The dog is waiting for its master.

這隻狗正等著它的主人。

doll

DOLL
doll

**doll** / dɑl / 音語 洋娃娃(大吼)。

**n** 洋娃娃

This doll looks beautiful.

這個洋娃娃看起來很漂亮。

dome

**dome** / dom / 音語 拱頂破(洞)。

**n** 圓屋頂，圓蓋，大廈，拱頂

We built a new sport dome to host this game.

爲了主辦這次比賽， 我們建了一個新體育館。

**doom** / dum / 音語 (賭)會毀滅人。

**n** 厄運，毀滅，死亡，末日審判 **vt** 注定，判決

The tyrant dooms his enemy to death.

這暴君判決他的敵人死刑。

door

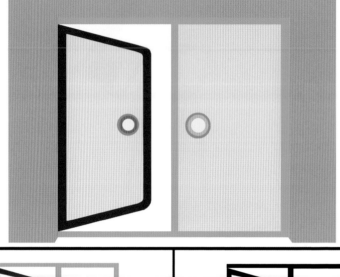

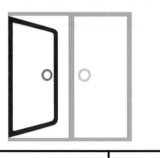

door

**door** / dɔr / 音語 (荳兒)門前種。

**n** 門

Open the door, please.

請開門。

dose

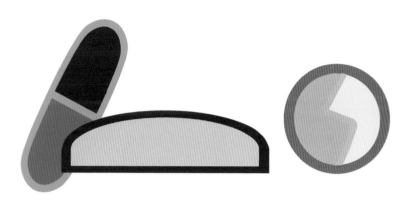

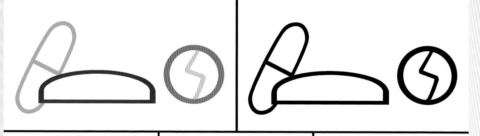

**dose** / dos / 音語 <u>服藥(都是)</u>爲治病。

**n** 一劑藥量 **vt** 給...服藥 **vi** 服藥

You need to take one dose after each meal.

每一餐後你一定要吃一劑藥量。

doze

Ɑoze DOZe doze

**doze**   / doz /   音語   沒(鬥志)只會瞌睡。

n 瞌睡，假寐   vt 瞌睡中 vi 打瞌睡，打盹

He falls into a doze during taking subway.

他在搭地鐵時打瞌睡。

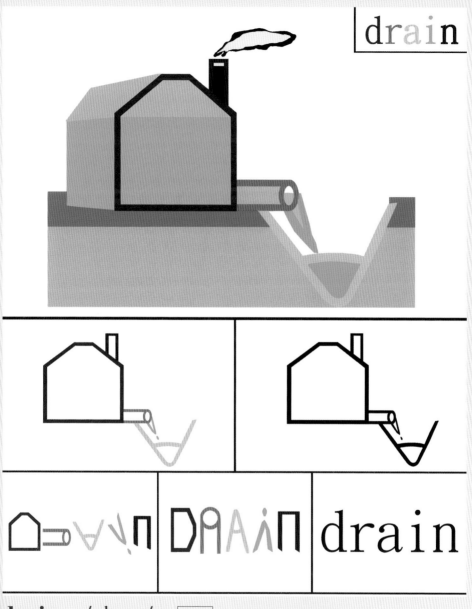

drain / dren / 音語 (最恨)人堵排水。

**n** 排水，排水管 **vt** 排出，排水，耗盡 **vi** 流掉

All drains from the factory need to be examined.

所有由工廠的排水管排水都要被檢查。

draw

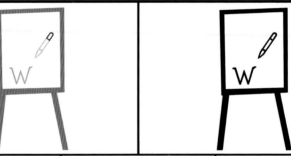

 DRAW draw

**draw** / drɔ / 音語 (桌)上畫圖。

n 拉，抽籤 vt 畫，繪製，拉，提取 vi 畫圖

He is drawing a picture.

他正在畫一幅畫。

# dream

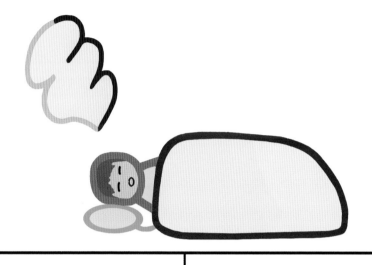

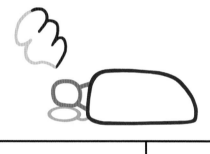 

 DREAM dream

**dream** / drim / 音語 (醉)夢人生。

**n** 夢，白日夢，夢想 **vt** 夢見 **vi** 夢到，夢想

He dreams about his home town.

他夢到有關家鄉的事。

dress

ᗞᑌᏟᔕᔕ ᗞᎡᗴᔕᔕ dress

**dress** / drɛs / 音語 衣服有(綴飾)。

**n** 衣服 **vt** 給...穿衣，使穿 **vi** 穿衣，打扮

She always wants to buy one dress more.

她總是想要再買一件衣服。

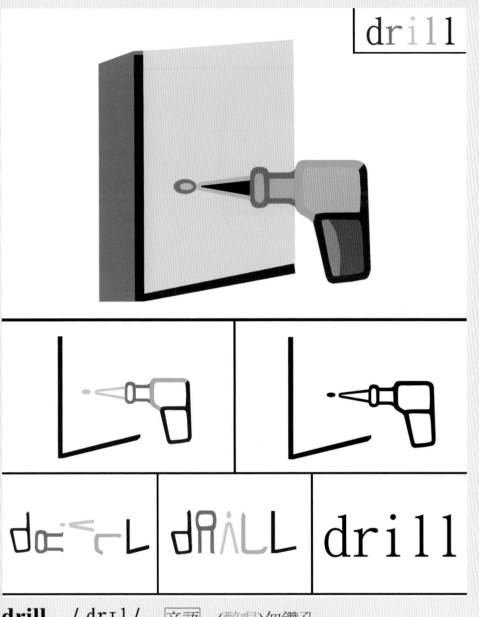

**drill** / drɪl / 音語 (醉喔)勿鑽孔。

n 訓練，鑽頭 vt 鑽(孔) vi 鑽通

We drill a hole on the wall in order to hang a clock.

為了要掛一個時鐘我們要在牆上鑽一個洞。

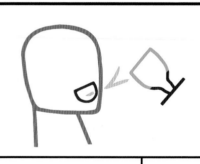

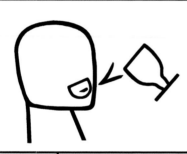

**drink** / drɪŋk / 音語 (俊客)喝‧飲料。

n 飲料，酒 vt 飲，喝，舉杯祝賀 vi 飲，喝，乾杯

What are you drinking?

你正在喝什麼？

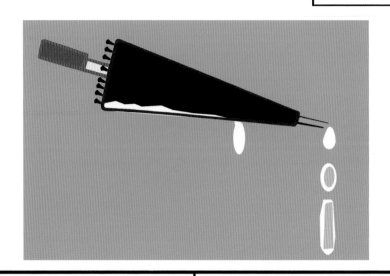

drip

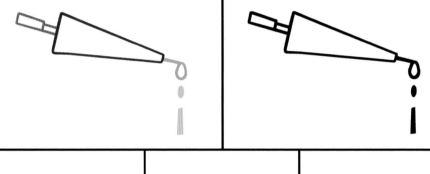

**drip** / drɪp / 音語 (水啵)滴下。 <啵=泡沫>

**n** 水滴，點滴 **vt** 使滴下 **vi** 滴下，濕淋淋

The water is dripping from an umbrella.

水正從一把雨傘滴下。

# drop

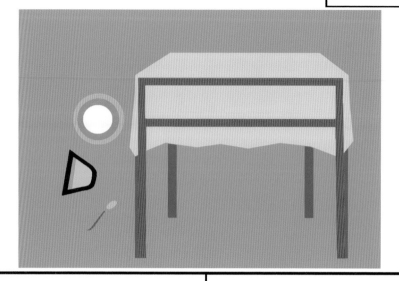

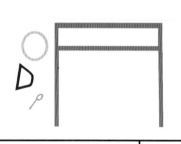
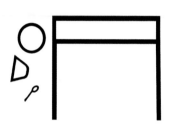

DΠOρ DΠOρ drop

**drop** /drɑp/ 音語 他跌落時(抓破)手。

n 一滴，跌落 vt 使滴下，丟下，下車 vi 掉下

Something drops from the table.

有東西從桌上掉下來。

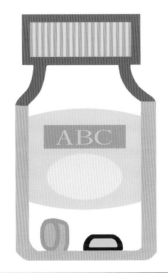

ᗡᖇ∪ᖚ DᖇU9 drug

**drug** / drʌg / 音語 (抓個)藥。

**n** 藥品，毒品 **vt** 使服毒品

Drugs are kept in a glass medicine bottle.

藥品都放在玻璃藥瓶內。

**drum** / drʌm / 音語 擊鼓(壯)膽。

**n** 鼓，鼓聲 **vt** 敲出 **vi** 打鼓

I like playing drums.

我喜歡打鼓。

# drunk

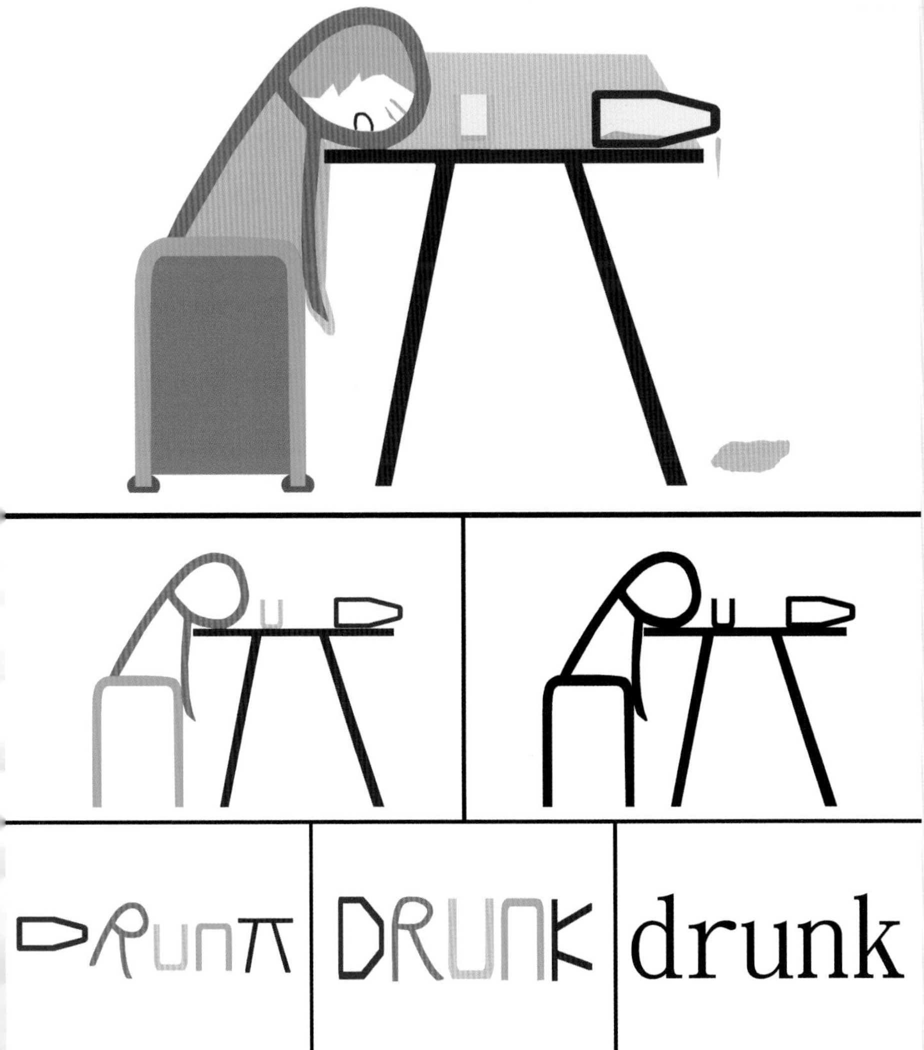


**drunk** /drʌŋk/ 音語 (裝個)醉漢。

**n** 醉漢 **adj** 喝醉的

He is always drunk at night.

他總是在夜裡喝醉。

**dry** / draɪ / 音語 (拽)乾衣服。

**vt** 把...弄乾，使乾燥，曬乾 **vi** 變乾 **adj** 乾的

Under the sunshine, the blanket dried soon.

陽光下， 毯子很快就變乾了。

OUCR DUCR duck

**duck**  / dʌk /  音語  鴨子(打嗝)。

**n** 鴨子

I like to see ducks swimming in the pond.

我喜歡看鴨子在池塘裡游泳。

**dunk** / dʌŋk / 音語 (當個)泡妞高手。

**vt** 浸(水)，浸泡

The basketball comic "Slam Dunk" is very popular.

籃球漫畫"灌籃高手"很受歡迎。

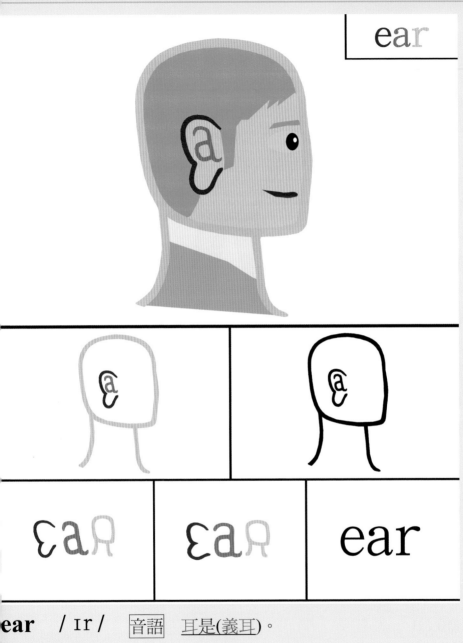

**ear** / ɪr / 音語 耳是(義耳)。

**n** 耳，聽力

In one ear and out the other.

左耳進右耳出。

**earn** / ɝn / 音語 賺錢要感(恩)。

**vt** 賺，賺得，博得

He sells drinks to earn money.

他賣飲料來賺錢。

edge

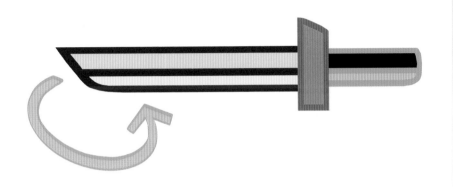

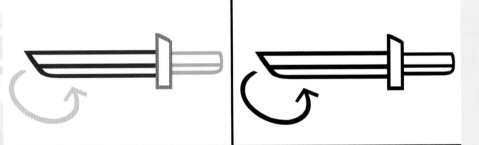

**edge** / ɛdʒ / 音語 (A 級)競爭優勢。

**n** 邊，邊緣，刃，刀口，優勢 **vt** 使鋒利 **vi** 緩移

The edge of the knife is very sharp.

這刀的刀口很銳利。

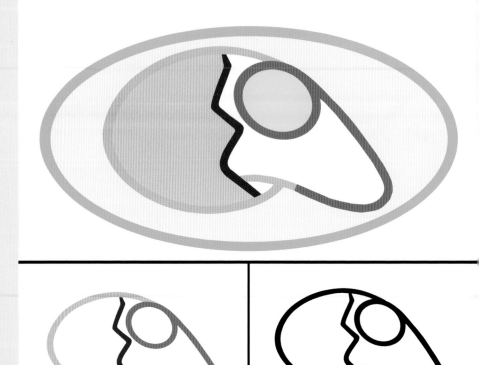

**egg**  / ɛg /  音語  (A 顆)蛋。

**n** 蛋，雞蛋

The egg is broken.

這蛋被打破了。

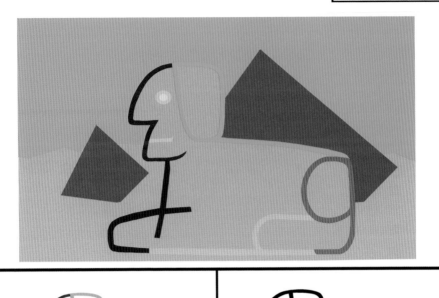

**Egypt** / `idʒɪpt / 音語 埃及風沙(易急撲)。

**n** 埃及

Ancient Egypt had developed its own pictographs.

古埃及已發展出他自有的象形文字。

elf

**elf** /ɛlf/ 音語 小精靈(愛撫)這孤兒。

**n** 小鬼，小精靈

The little boy is looking for the elf in the forest.

小男孩正在森林裡尋找小精靈。

elite

elite　/ ɪ`lit /　音語　精英(易離職)。

**n** 精華，精英，優秀人才，傑出人物

All elites are welcomed to work for our company.

歡迎所有精英為我們公司工作。

end

celebration

mnd | ENd | end

**end** / ɛnd / 音語 結束(演得)好。

n 末端，盡頭，結束 vt 結束，終止 vi 結束

Graduation is an end of school life.

畢業是學校生活的結束。

**equal** / `ikwəl /  音語  <u>同樣(一國喔)</u>。

**n** 等同的人事物 **vt** 等於 **adj** 同樣的，相當的，平等的

The weight of this bird is equal to a cube of sugar.

這隻鳥的重量與一塊糖的重是同樣的。

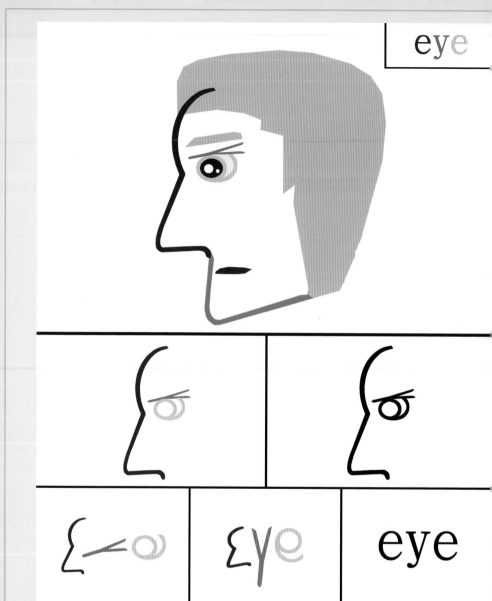

**eye** / aɪ / 音語 (礙)眼。

**n** 眼睛，視力 **vt** 看，注視

He has big eyes.

他有雙大眼睛。

face

ᗱᑌᑕᑦᑦ ℬᎯᏟℰ face

**face** / fes / 音語 (妃子)臉。

n 臉，面容，面子 vt 面向，正視 vi 朝，向

He has a friendly face.

他有張友善的臉。

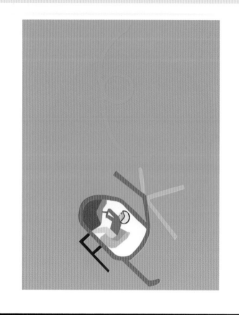

fail

fail / fel / 音語 起飛後(失敗)。

**n** 不及格 **vt** 失敗，不能 **vi** 失敗，失靈

The helicopter fails to fly.

該直升機飛行失靈。

farm

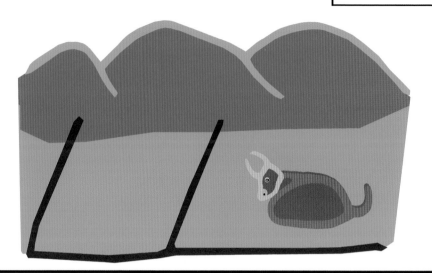

LOⱭm FAЯM farm

**farm** / farm / 音語 牧場(放牧)。

n 農場，畜牧場 vt 種植 vi 務農

The bull lives in a beautiful farm.

這隻牛住在一個美麗的農場裡。

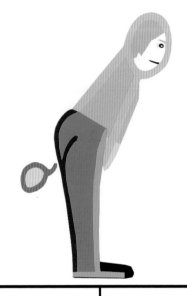

fart

foPl  FaRT  fart

**fart** / fɑrt / 音語 <u>放屁無(法治)</u>。

n 屁，放屁 vi 放屁

Don't fart in public.

不要在別人前放屁。

fast

**fast** / fæst / 音語 快即(飛逝)。

**adj** 快的，迅速的　**adv** 快，迅速

The UFO flies very fast.

飛碟飛的很快。

  fat

**fat** / fæt / 音語 肥胖的(肥子)。

n 脂肪 vi 長胖 adj 肥胖的，肥沃的

He is a fat guy.

他是個胖子。

feed

**eed** / f i d / 音語 國家餵養(服役的)。

n 餵養,一餐飼料 **vt** 飼(養),供給 **vi** 吃飯

The mother bird is feeding its baby.

母鳥正在餵它的小鳥。

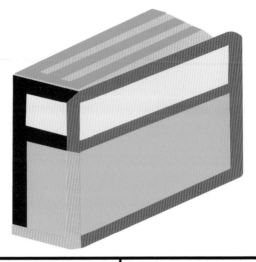

file

F Ǝ J | F 9 L E | file

**file** / faɪl / 音語 檔案(壞了)。

n 文件夾，檔案 vt 把...歸檔 vi 排縱隊行

We put all papers in a file.

我們將所有報告放入一個檔案內。

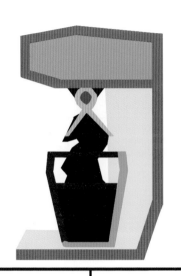

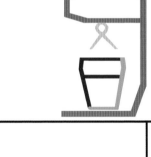

 FVXL fill

**fill** / fɪl / 音語 血袋要裝滿(血喔)。

n 填滿的量 vt 裝滿，填滿，填(缺) vi 被充滿

You may fill any drink you like from the machine.

你可以從這機器裝滿任何你喜歡的飲料。

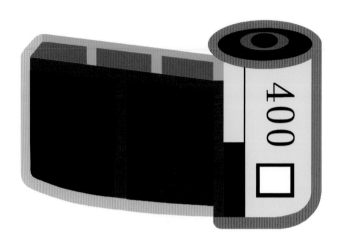

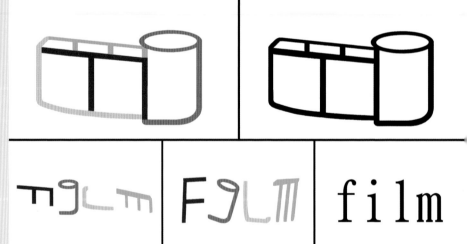

**film** / fɪlm / 音語 (筆友不-m)拍電影。

n 軟片，膠捲，電影，薄膜 vt 拍電影，覆薄膜

He buys a roll of film from a convenience store.

他從一間便利商店買了一卷的底片。

fire

  fire

**fire** / faɪr / 音語 射擊(壞鵝)。

n 火，火災，射擊 vt 發射，解雇 vi 開火，燃燒

We use a torch to ignite a camp fire.

我們用一隻火把點燃營火。

fish

F9$Y F9$H fish

**fish** / fɪʃ / 音語 (必須)捕魚為生。

n 魚，魚類，魚肉 vt 捕魚，釣魚 vi 捕魚，釣魚

I caught a fish.

我抓到一條魚。

fist

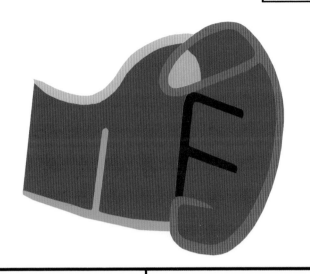

FƏ∽⊥　　FƏST　　fist

**fist** /fɪst/ 　音語 　(比試著)拳腳功夫。

**n** 拳，掌握 **vt** 拳打

Not every conflict can be solved by fists.

不是所有衝突都可用拳頭解決。

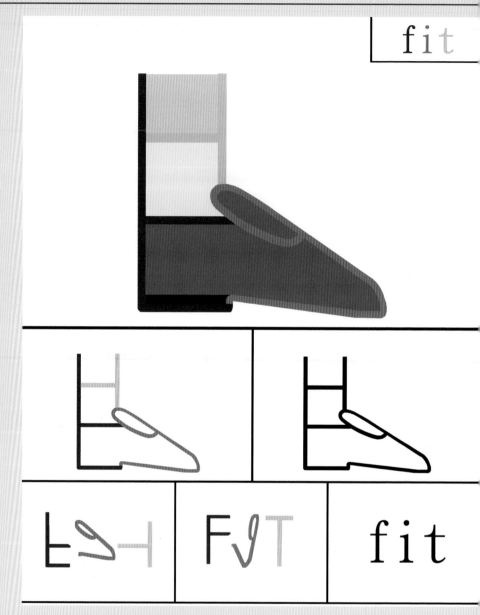

fit　/ fɪt /　音語　(筆直)合身。

**n** 適合，合身 **vt** 適合，適應 **vi** 適合，合身 **adj** 適合的

The shoes fit him just fine.

這鞋子剛好適合他。

fix

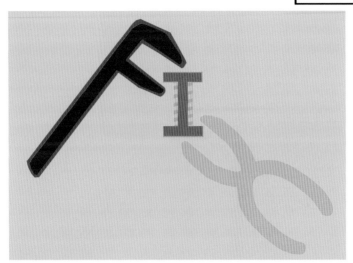

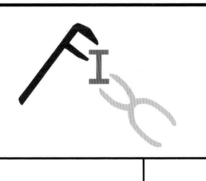

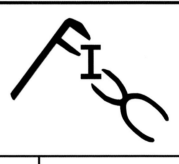

FIX

fix

**fix** / fɪks / 音語 (必思)困境。

**n** 困境，定位 **vt** 使固定，牢記，修理 **vi** 固定

We use pliers and pincers to fix it.

我們用鉗子和水管鉗修理它。

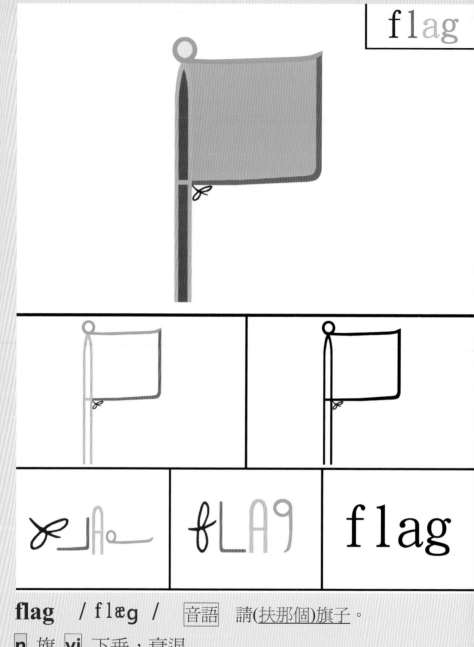

flag　/ flæg /　音語　請(扶那個)旗子。

n 旗 vi 下垂，衰退

This is the national flag of this country.

這是這個國家的國旗。

# flash

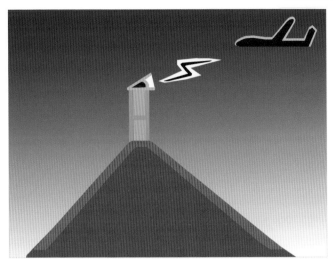

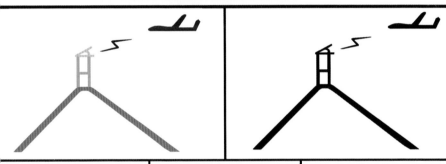

**flash** / flæʃ / 音語 閃光(忽擂西)。<忽然打在西邊>

n 閃光,閃光燈 vt 使閃光 vi 閃光,掠過,閃現

The lighthouse flashes in the night.

這燈塔在夜晚時會閃光。

$$\boxed{f\, l\, oo\, d}$$

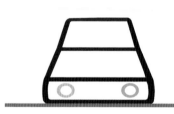 

| | | |
|---|---|---|
| F oo d | Flood | flood |

**flood** / flʌd / 音語 民眾(扶拉著)逃洪水。

**n** 洪水，水災 **vt** 淹沒，泛濫，湧進 **vi** 淹沒，泛濫

The flood destroyed the whole city.

洪水摧毀了這整座城市。

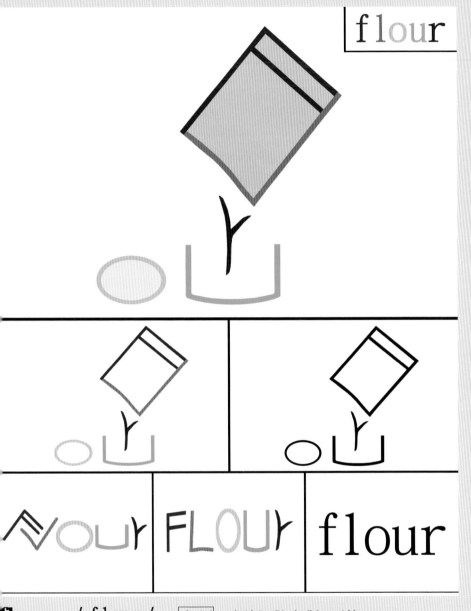

**flour** / f l aʊ r / 音語 麵粉(敷老鵝)再炸。

**n** 麵粉，粉狀物 **vt** 把...磨成粉

We use flour to make bread.

我們用麵粉做麵包。

f low

FL○₩   FLOW   flow

**flow**   / flo /   音語   流水(浮露)漂流木。

n 流，流動 vt 溢過，淹沒 vi 流動，泛濫，湧出

The river flows day and night.

河水日以繼夜流動著。

**fluid** / `fluɪd / 音語 <u>液體品質(不如意的)</u>。

**n** 液體，流體，流質 **adj** 流動的，液體的，流暢的

The professor pours the fluid from a cup to the other.

教授將這液體從一個杯子倒到另一個。

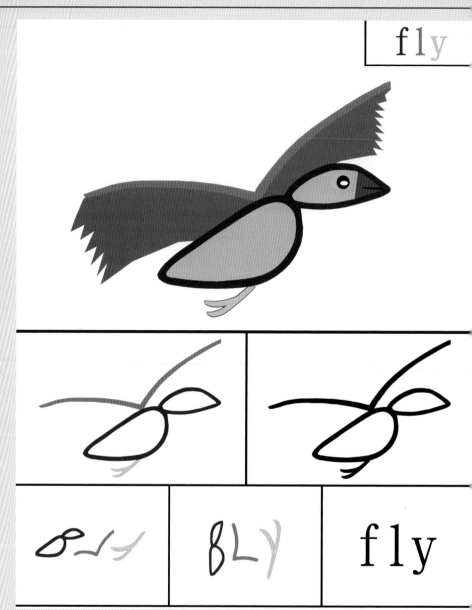

**fly** / flaɪ / 音語 飛行不可(胡來)。

n 門簾，拉鍊 vt 駕(機)，使飛 vi 飛行，駕(機)

A bird can fly high.

鳥兒可以高飛。

fold

ForG FoLd fold

**fold** / fold / 音語 (獲得)折疊車。

**n** 折，摺疊 **vt** 對折，摺疊，交叉 **vi** 可摺疊

You can fold this bike and put it in your trunk.

你可以摺疊這腳踏車並將它放入你的車子行李箱。

food

**food** / fud / 音語 (<u>腐的</u>)食物不要吃。

**n** 食物，食品，食糧

What kind of food did you have today?

你今天吃了什麼食物？

**fool** / ful / 音語 傻瓜是(福)。 <傻人有傻福>

**n** 傻瓜，蠢蛋，白癡 **vt** 愚弄，欺騙 **vi** 玩笑，虛度

The fool plays basketball games with two balls.

這傻瓜用兩個籃球打籃球比賽。

**force** / fors / 音語 自恃武力是(禍事)。

**n** 力量，武力，軍事力量 **vt** 強迫，迫使

The general decides to conquer this city by force.

將軍決定以軍事力量征服這個城市。

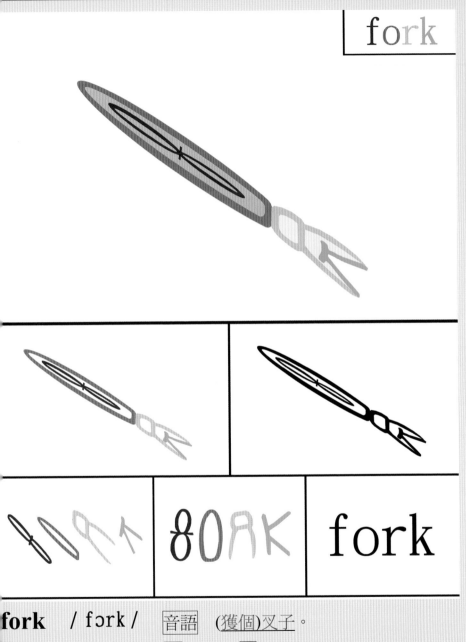

**fork** / fɔrk / 音語 (獲個)叉子。

**n** 叉子，餐叉，耙 **vt** 叉起 **vi** 分叉

This fork is an antique.

這把叉子是個古董。

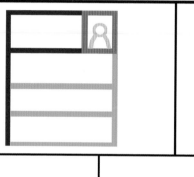

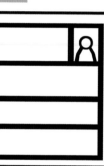

**form** / fɔrm / 音語 (鳳)的形狀。

n 形狀，種類，體裁，表格 vt 形成 vi 形成

Fill the forms and wait behind the red line.

填好這些表並在紅線後等待。

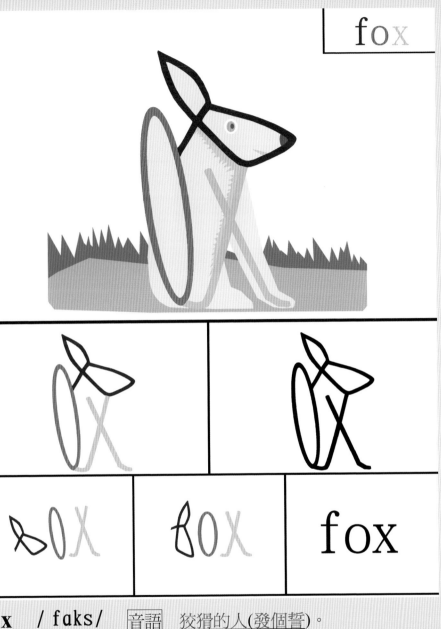

**fox** / fɑks / 音語 狡猾的人(發個誓)。

**n** 狐狸，狡猾的人 **vt** 欺騙 **vi** 耍手段

I just saw a fox in the national park.

我剛在國家公園裡看到一隻狐狸。

free

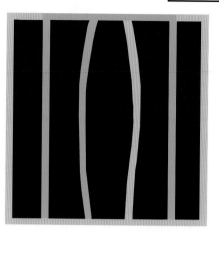

**free** /fri/ 音語 為<u>自由</u>(<u>赴義</u>)。 <u>免費的</u>(<u>福利</u>)。
**vt** 使自由，解放 **adj** 自由的，免費的 **adv** 免費地
The convict breaks out of the prison and yells that he is free
犯人逃出監獄並喊著他是自由的。

fresh

# fresh / frɛʃ / 音語 (廢墟)新生計畫。

n 新生 adj 新的，新鮮的，清新的 adv 剛，才

I am cooking a fresh fish soup.

我正在煮鮮魚湯。

**frog** / frɑg / 音語 青蛙(罰歌)。

**n** 青蛙

Frogs can live in water and on land.

青蛙們可以在水中及陸地上生活。

from

**from** / frɑm / 音語 <u>始於(浮浪)終於貧</u>。 <浮華浪費>

**prep** 從，由，從...起，始於，離(開)

I travel from the east coast to the west coast.

我從東岸旅行到西岸。

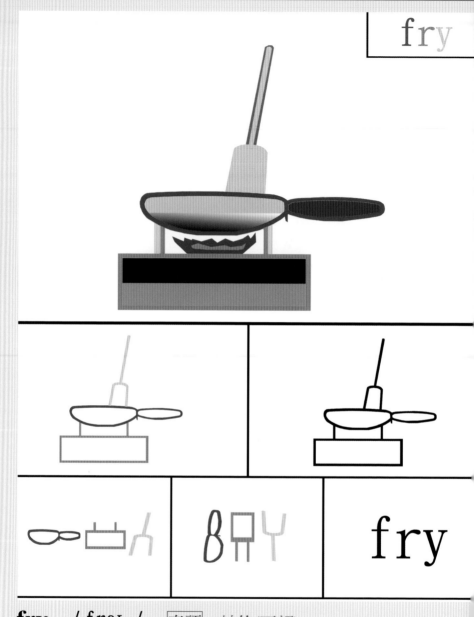

**fry** / fraɪ / 音語 <u>炒的(不賴)</u>。

n 油炸物，炒菜 vt 油煎，炸，炒 vi 油煎，炒

Chinese like to fry vegetables.

華人喜歡炒菜。

# fun

 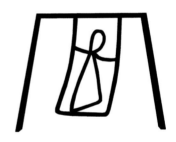

**fun** / fʌn / 音語 (放)懷娛樂。

n 娛樂，樂趣 vi 開玩笑 adj 有趣的，愉快的

t is fun to play swing.

盪鞦韆很有趣的。

185

**gap** / gæp / 音語 管路裂口(雞婆)嗎？

**n** 裂口，缺口，間隔 **vt** 使裂 **vi** 裂開

She points at the gap in the road.

她指著路面上的一個裂口。

gas

**gas**  / gæs /  音語  分攤加油錢就(假死)。

**n** 汽油，氣體，瓦斯 **vt** 供氣，加油 **vi** 加油

Please fill gas for my car.

請爲我的車子裝滿汽油。

ghost

ʒʊɔst ghost ghost

**ghost** / gost / 音語 鬼魂(勾死者)。

n 鬼魂，幽靈，捉刀者 vt 替...捉刀 vi 代筆

It is said that a ghost lives in the cemetery.

聽說有個鬼住在墳場裡。

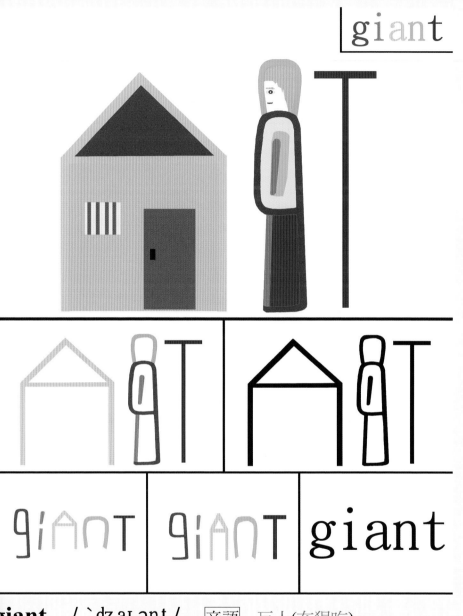

**giant** / `dʒaɪ ənt /　音語　巨人(在狠吃)。

**n** 巨人，偉人　**adj** 巨大的

The giant is even bigger than that house.

這巨人甚至比那房子還要高大。

**gift** /gɪft/ 音語 <u>禮物夠(幾戶吃)</u>。

n 禮品，禮物，天賦，才能 vt 贈送，賦予

This is the best gift that I ever had.

這是我得過最好的禮物。

# girl

| $g$~$R$∧ | $g$ì$RL$ | girl |
|---|---|---|

**girl** / gɝl / 音語 少女(歌喉)好。

**n** 少女，女兒，女孩

The girl is jumping rope.

這女孩正在跳繩。

glad

∞L∀□    8LAD    glad

**glad** / glæd / 音語 高興(個咧)。

**adj** 高興的，快活的，樂意的

We will be very glad to see you.

我們會很高興見到妳。

| | |
|---|---|
| | globe |

| | |
|---|---|
|  |  |

| | | |
|---|---|---|
| C-OBE | GIOBE | globe |

**globe** /glob/ 音語 (閣樓ㄅ)地球儀。

n 球,地球,地球儀 **vt** 使成球狀 **vi** 成球狀博

The globe can help you understand our world.

這地球儀可幫助你了解我們的世界。

glory

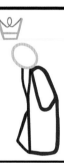

glory

**glory** / `glorɪ / 音語 光榮(骨肉裏)。

**n** 光榮，榮譽，壯觀，榮耀 **vi** 驕傲，自豪

Crowning is the glory hour for the king.

加冕是這國王光榮的時刻。

# glue

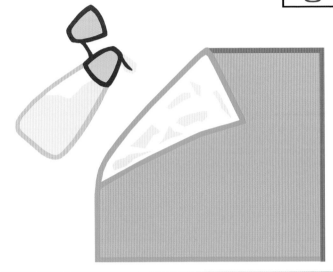

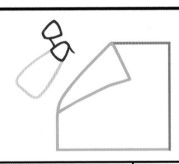 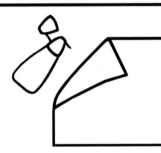

| ꝸ7Ꞓ∂ | ꝸLUꞒ | glue |

**glue** / glu / 音語 (固如)膠水。

n 黏膠，膠水，黏著劑  vt 膠合，粘牢，粘貼

I use glue to post the paper on the bulletin.

我用膠水把紙貼在公告欄上。

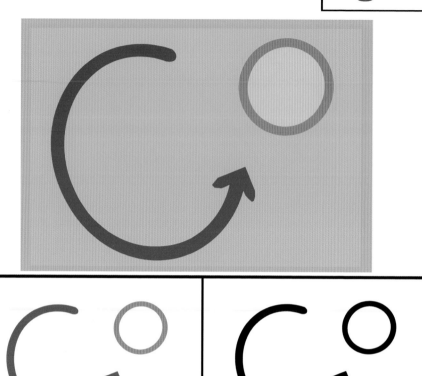

**go** / go / 音語 去(購)物。

vt 拿...打賭 vi 去，離去，走，做(事)，開始，離世

The arrow on the map shows us where to go.

地圖上的箭頭顯示我們要往何處去。

goat

**goat** / got / 音語 山羊(夠吃)。

**n** 山羊，犧牲品

To avoid desertification, don't raise goats in the grass field.

避免沙漠化， 不要在草原區飼養山羊。

god

 god

**god** / gɑd / 宗教語

n 神，上帝，神明，男神

He prays to God every day.

他每天向神禱告。

# gold

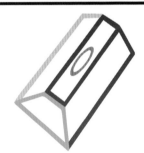  gold

**gold** / gold / 音語 黃金(夠的)。

n 黃金，金幣，金黃色 adj 金的，金色的

The price of gold is increasing recently.

黃金的價格最近一直上升。

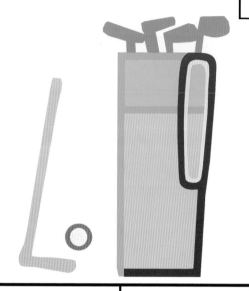

golf

**golf** / gɑlf / 音語 <u>高爾夫(高爾夫)</u>。

**n** 高爾夫球運動　**vi** 打高爾夫球

How much money did you spend for golf equipments?

你花了多少錢在高爾夫球裝備上？

grape

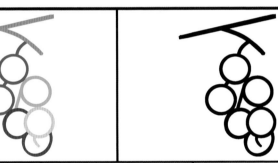

**grape** / grep / 音語 (鬼怕)葡萄。

**n** 葡萄，葡萄樹

People in this village use grapes to make wine.

住在村裡的人用葡萄來製造酒。

# grill

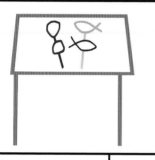 

**grill** /grɪl/ 音語 燒烤(貴喔)。

n 烤架，燒烤肉食 **vt** 烤(魚、肉) **vi** 被烤

We will grill food for dinner tonight.

我們會燒烤食物作為今晚的晚餐。

# grip

 grip

**grip** /grɪp/ 音語 抓住(幾波)漲停板。

n 緊握，掌握，控制，柄 vt 握緊，抓住 vi 握牢

Grip the handle when you stand in a bus or subway.

當你站在公車或地下鐵之內時要握緊把手。

**grow** / gro / 音語 發育(過)多。

**vt** 栽培，種植，使生長 **vi** 成長，生長，發育，擴增

He grows a tree here.

他在這種了一棵樹。

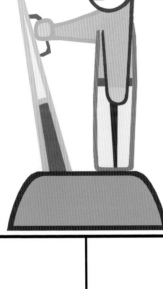

guard

|  | 9UA◁□ | 9UARD | guard |

**guard** / gɑrd / 音語 警衛(尬)車。

衛哨，警衛，禁衛軍 **vt** 守備，守衛 **vi** 守衛，看守

The guard is on duty now.

這警衛正在執勤。

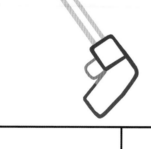 

| | gun |
|---|---|

**gun** /gʌn/ 音語 持槍(棍)上。

**n** 槍，砲 **vt** 對…開槍 **vi** 槍擊

Put your gun down!

把你的槍放下！

**guy** / gaɪ / 音語 投籃朋友(蓋)火鍋。

n 傢伙,朋友,小夥子,人

Who is that guy walking over there?

在那走動的傢伙是誰?

gym

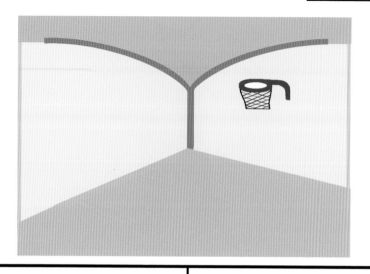

gym   / dʒɪm /   音語   (進)體育館。

**n** 體育館，體育，體操

We play basketball in the school gym.

我們在學校的體育館打籃球。

**hail** / hel / 音語 (嘿喔)歡呼。

n 冰雹，歡呼，招呼 vt 向...歡呼，招呼 vi 下雹，招呼

It hailed during the evening.

在傍晚的時候下了冰雹。

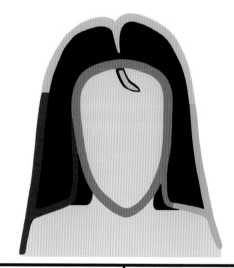

hair

  hair

**hair** / hɛr / 音語 (黑兒) 頭髮捲。

**n** 頭髮，毛髮，獸毛

Her hair is beautiful.

她的頭髮很漂亮。

ham

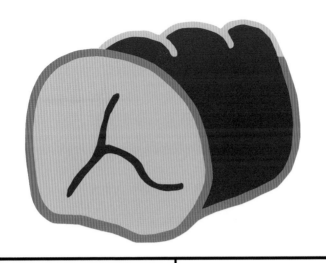

人ᗝᨇᨇ 人ᗝᨇ ham

**ham** / hæm / 音語 掀(ㄏㄟㄅ)火腿禮盒蓋。

火腿，業餘無線電愛好者 **vt** **vi** 演得過火

he ham you ate is made of pork.

尔吃的火腿是豬肉做的。

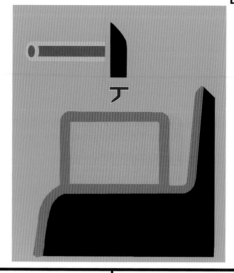

hard

 həɑd hard

**hard** / hɑrd / 音語 (哈德)努力的敲打。

**adj** 硬的，困難的，費力的，努力的 **adv** 努力地

This wood is too hard to drive into with a normal nail.

這木頭是太硬的以至於不能以一根普通的釘子打進去。

hat

**hat** / hæt / 音語 帽遮(黑齒)。

n 有邊的帽子 vt 給...戴帽子

He always wears a hat when he goes out.

他出去總是戴著一頂帽子。

**have** / hæv / 音語 有(黑膚)。

**v.aux** 已經 **vt** 有，擁有，懷有，持有，吃，喝

Finally I have my own house.

我終於有我自己的房子。

hawk

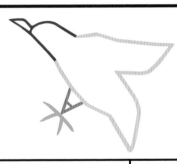 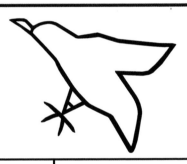

hawk / hɔk / 音語 鷹獵(猴哥)。

n 鷹,隼,鷹派 vt 捕捉,叫賣 vi 用鷹獵捕

The hawk flies quickly to catch a rabbit. .

這隻鷹很快地飛去捕捉一隻兔子。

215

head

ɔɒǝɥ  head  head

**head** / hɛd / 音語 頭巾(黑得)很。

n 頭，前端，頭腦，首腦 vt 領頭 vi 朝…出發

The man wears a cap on his head.

這男人在他的頭上戴著一頂帽子。

heal

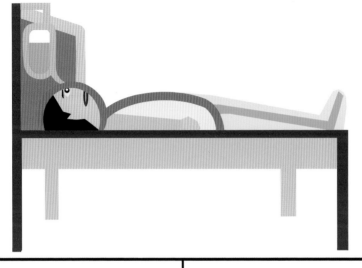

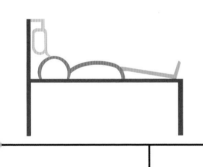 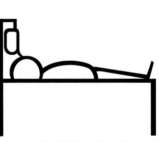 heal

**heal** / hil / 音語 要<u>治癒</u>莫吃(<u>hi-l 魚喔</u>)。

**vt** 治癒，使復元 **vi** 癒合，痊癒

It takes time to heal your disease.

治好你的病要花些時間。

217

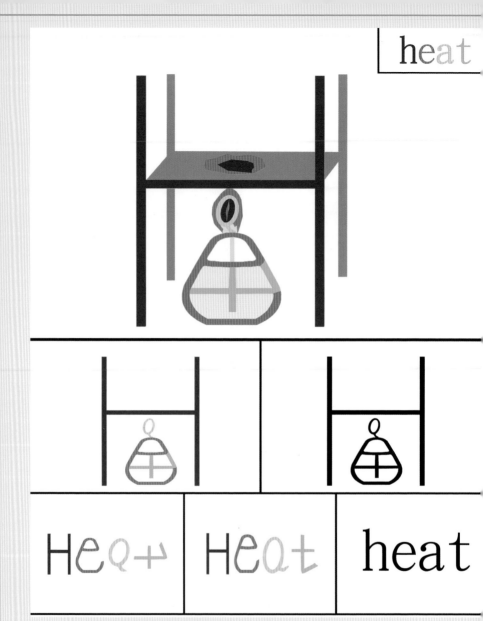

**heat** / hit / 音語 加熱(易吃)。

n 熱度，溫度，高溫 vt 加熱，使暖 vi 變熱

We use an alcohol lamp to heat water in the laboratory.

在實驗室時我們用酒精燈來加熱水。

hello

HeℓℓO HeℓℓO hello

**hello** / hə`lo / 音語 (哈囉)打招呼。

打招呼問候語，問好

Everyone says hello to me when I go back to my hometown.

我回家鄉時每個人都對我問好。

**hen**  / hɛn /   音語   母雞掀(ㄏㄟ ㄣ)窩。

**n** 母雞

This woman raises hens for their eggs.

這女人養母雞是為了它們的雞蛋。

herb

**herb** / hɝb / 音語 (喝吧)藥草。

n 草本植物，藥草

Herb medicine is popular in this area.

草藥在這區域是受歡迎的。

here

HoRo   HeRe   here

**here**  / hɪr /  音語  在這裡(育兒)。

**n** 這裡  **adv** 這裡，在這裡

Come over here.

到這裡來。

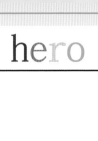

**hero** / `hɪro / 音語 賣(<u>魚肉</u>)英雄。

[n] 英雄，勇士，豪傑

The hero goes on the stage to receive applause.

這個英雄走上台去接受歡呼喝采。

**hide** / haɪd / 音語 躲藏(海的)深處。

n 隱密場所 vt 把...藏起來，隱藏 vi 躲藏

He hides himself behind a wall in a street gun fight.

在一次街頭槍戰中，他把自己藏在牆後面。

H∧6H | H∧9H | high

**igh** / haɪ / 音語 高的(駭)人。

高水準，快感 **adj** 高的，高級的，高尚的 **adv** 高

We visited a high building today.

我們今天參觀了一棟高的大樓。

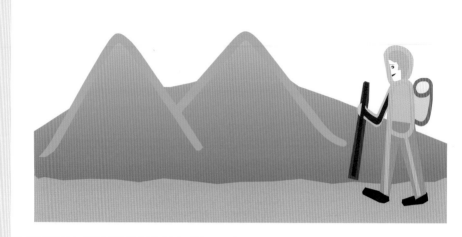

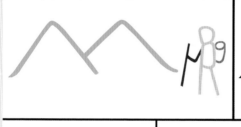 

hike

**hike** / haɪ k / 音語 (海哥)健行去。

n 健行，遠足 vi 健行，遠足

He enjoys the pleasure of hiking very much.

他很享受健行帶來的樂趣。

hip

**hip** / hɪp /  音語  (攝 hI-p)臀部 X 光。    <攝=拍照>

n 臀部，屁股

The teacher told kindergarten pupils where the hip is.

老師告訴幼稚園學童屁股在哪。

hit

H ʊ t    H ɪ t    hit

**hit** / hɪt / 音語 (一次)擊中。

n 打擊，擊中，流行事物 vt 打，打擊 vi 擊中

I hit a sand bag.

我打擊沙袋。

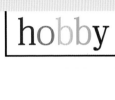

HO🍃~ HOBBY hobby

**hobby** / ˋhɑbɪ / 音語 (好皮)的嗜好。

n 業餘愛好，癖好，嗜好，興趣

His hobby is body building.

他的興趣是健身。

hold

| HOLD | HOLD | hold |

**hold** / hold / 音語 被<u>抓住</u>(<u>喉的</u>)。

n 抓住，握住 vt 握著，抓住，舉行 vi 持續，保持

He is holding a box.

他正握住一個盒子。

hole

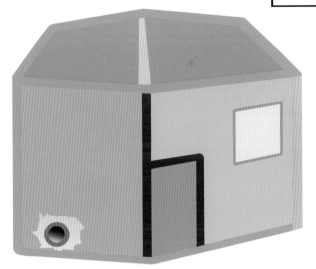

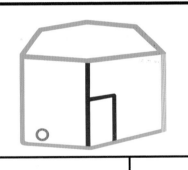
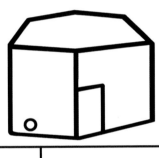

hole hole hole

**hole** / hol / 音語 (猴)洞。

**n** 洞，破洞，洞穴，球洞 **vt** 鑿洞於，進洞 **vi** 進洞

There is a hole at the bottom of the wall.

牆的底部有一個洞。

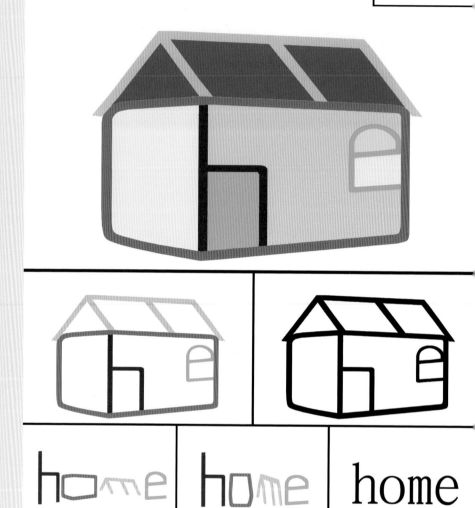

**home** / hom / 音語 家在彩(虹)那端。

**n** 家，住家，家庭，故鄉 **adj** 家庭的 **adv** 在家，回家

She is expecting to go home soon.

她希望能早點回到家。

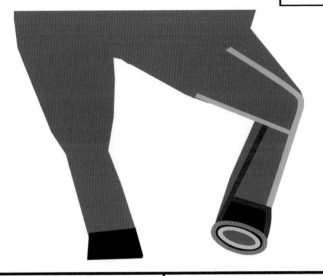

hoof

| | | hoof |
|---|---|---|

**hoof** / huf / 音語 (虎父)咬馬蹄。

n 蹄 vt 用蹄踩踏 vi 步行

Why do people nail iron rings on a horse's hoof?

為什麼人要將鐵環釘在馬的蹄子上？

hope

HOPe HOPe hope

**hope** / hop / 音語 希望濃(厚吧)。

**n** 希望，願望 **vt** 希望，盼望 **vi** 希望，期待

The torch brings hope to him.

火把給他帶來希望。

horse

HORSE HORSE horse

**horse** / hɔrs / 音語 (猴試)騎馬。

n 馬，鞍馬，跳馬 vt 使…騎上馬 vi 騎馬

You can lead a horse to the river, but you can't make it drink.

你可以帶馬到河邊， 但是無法叫它喝水。

**hot** / hɑt / 音語 熱的食物(哈吃)。 <哈著氣吃>

**vt** 使熱 **vi** 變熱 **adj** 熱的，辣的，熱情的，熱門的

It is hot when you walk in a desert.

當你走在沙漠中天氣是熱的。

236

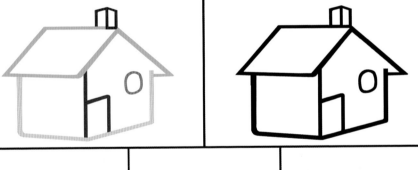

**house** / haus / 音語 買<u>房子</u>是(<u>好事</u>)。

n 房子，住宅，商號 vt 給...房子住 vi 住

I don't need a big house, but I want clean water and air.

我不需要一個大房子， 但我要有乾淨的水與空氣。

hover

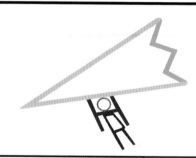 

HO⟋ER HOVER hover

**hover** / `hʌvɚ / 音語 盤旋(哈佛)大學上空。

n 盤旋 vi 盤旋，空中翱翔

He is hovering in the sky.

他正在空中翱翔。

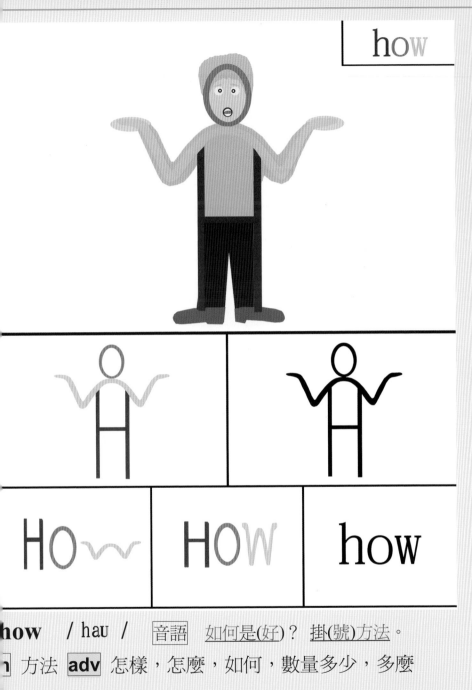

how

**how** / haʊ / 音語 如何是(好)？ 掛(號)方法。

n 方法 **adv** 怎樣，怎麼，如何，數量多少，多麼

How would I know?

我怎麼知道？

# howl

**howl** / haʊl / 音語 (嗥鳴)地嗥叫。

n 嗥叫，吼，哭號 vt 吼著說，喊著講 vi 嗥叫，吼

A wolf is howling at the moon.

一匹狼正在對著月亮嗥叫。

humor

ΛuΛΟЯ ΗUΜΟЯ humor

**humor** /ˋhjumɚ/  音語  (幽默)幽默。

幽默感，幽默

He has a sense of humor.

他有幽默感。

241

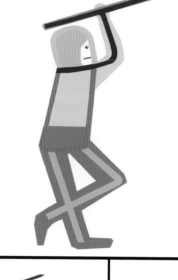

**hunt** / hʌnt / 音語 (漢子)打獵。

n 打獵 vt 狩獵，在...中獵捕，尋找 vi 追獵，搜尋

He uses a spear to hunt animals.

他用長矛來狩獵動物。

HURT
hurt

**hurt** / hɝt / 音語 (何事)傷痛？

n 創傷，傷痛 **vt** 使…受傷，使痛 **vi** 疼痛 **adj** 受傷的

He hurt my head.

他使我的頭受傷。

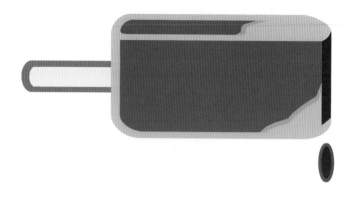

ice

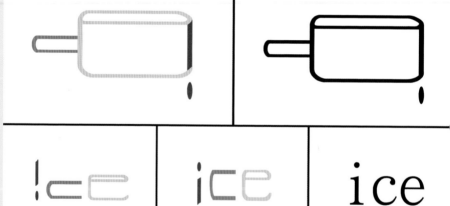

**ice** / aɪ s / 音語 (愛食)冰。

n 冰，冰淇淋 vi 結冰 adj 冰的

Do you want an ice bar?

你要來隻冰棒嗎？

idea

idea

**idea** / aɪ ˋdiə / 音語 (矮的ㄉㄧˋ兒)主意多。

主意，構想，概念

Do you have any good ideas?

你有什麼好主意嗎？

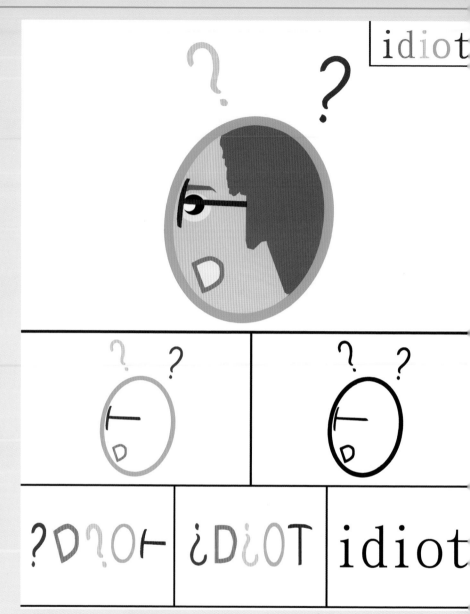

**idiot** / `ɪdɪət / 音語 (伊的ㄉㄧˋ兒子)是白癡。

**n** 白癡，傻瓜

Not knowing the answer doesn't mean he is an idiot.

不知道答案不代表他是一個白癡。

idle

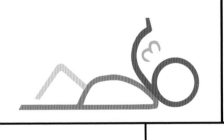 

6 ~ 9dLƐ idle

dle / `aɪ d! / 音語 (愛抖)腿閒混。

t 虛度,使空閒 vi 閒混,空轉 adj 懶惰的,無益的

He is an idle man, he just doesn't want to work.

它是個懶惰的人, 他就是不想工作。

idol

**idol** / `aɪ dḷ / 音語 把(愛都)給偶像。

n 偶像，受崇拜者，紅人，寵兒

Some people admire a politician like an idol.

有一些人將政客當偶像般崇拜。

248

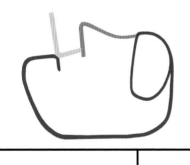 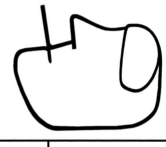 i l l

**ill** / ɪl / 音語 (一有)病要看醫生。

不幸，禍害 **adj** 生病的，不健康的

He is ill today.

他今天生病了。

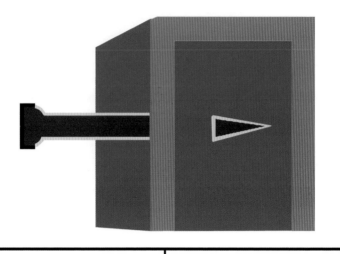

**in** / ɪn / 音語 (鷹)在裡頭。

**prep** 在...之內　**adj** 在裡的，時髦的　**adv** 在裡頭

A nail is in the wood.

一隻釘子在這塊木頭之內。

250

iron

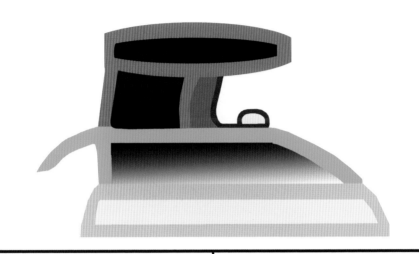

 9ROΠ iron

**ron** / `aɪ ən / 音語 (愛人)鐵了心。

鐵，熨斗 **vt** 熨，燙 **vi** 熨衣，燙平 **adj** 鐵般的

Can I borrow your flat iron?

我可以借你的熨斗嗎？

itch

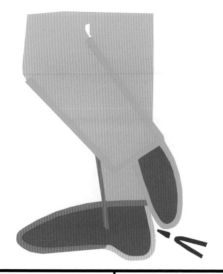

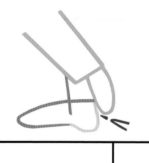 

itch

**itch** / ɪtʃ / 音語 (一齊)癢。

n 發癢，渴望 vt 使發癢，使惱怒 vi 發癢，渴望

I feel my foot itching.

我覺得我的腳發癢。

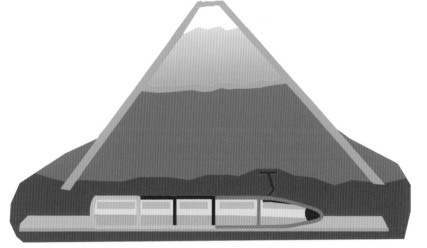

Japan

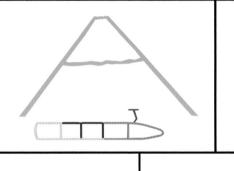

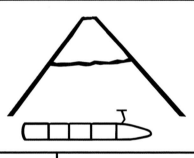

ꓶꓷ–ꓥꓕ　ꓕꓓРꓛꓕ　Japan

**Japan** / dʒəˋpæn / 音語 (這片)日本電影好看。

日本，日本國

The bullet train and Fuji Mountain are symbols of Japan.

子彈列車及富士山是日本的象徵。

253

**jazz** / dʒæz / 音語 (爵士)跳爵士舞。

**n** 爵士樂(舞)，活潑 **vt** 使活潑 **vi** 遊蕩

He is a jazz singer.

他是個爵士歌者。

jeep

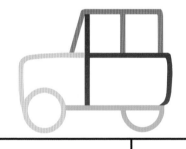

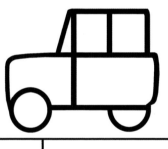

JEEP

jeep

**eep** / dʒ i p / 音語 吉普車(極普)通。

**n** 吉普車

like to drive my jeep in the wild nature.

我喜歡在原野自然中開著我的吉普車。

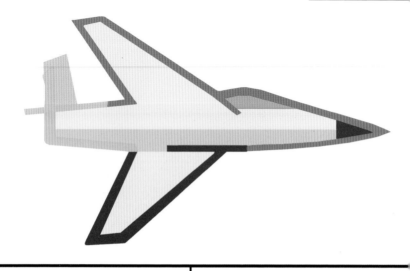

jet

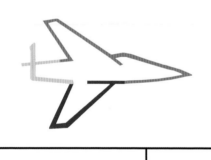
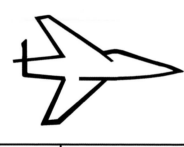

V J t   J E t   jet

**jet** / dʒɛt / 音語 (劫持)噴射機。

**n** 噴射，噴嘴，噴射機 **vt** 噴出，射出 **vi** 噴出，射出

Our government decided to buy 100 jets this year.

我們的政府決定今年要買 100 架噴射機。

job

| 1 | | |
|---|---|---|
| | | |

ob /dʒɑb/ 音語 管(家婆)的工作。

n 工作，職業，職責，成果 adj 臨時雇用的

need a lamp and a laptop for my job.

為了我的工作我需要一座枱燈和一個筆電。

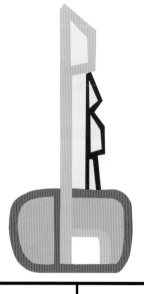

key

Ꮽey

key

**key** / ki / 音語 (去 ki-)拿鑰匙。

**n** 鑰匙，線索，關鍵 **vt** 鎖上 **adj** 關鍵的

Please duplicate this key.

請複製這把鑰匙。

# kick

**kick** / kɪk / 音語 (豈可)讓他踢進。

n 踢 vt 踢，踢進，反衝 vi 踢，反衝

They are kicking a ball.

他們正在踢球。

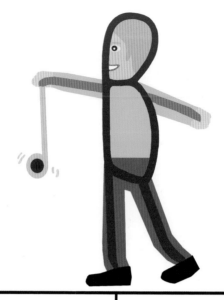

kid

**kid**  / kɪd /  音語  小孩(ki-d ㄜ)去哪。

**n** 小孩，小羊 **vt** 戲弄 **vi** 開玩笑 **adj** 羊皮的

Let him have fun, he is just a kid.

讓他玩吧， 他只是個孩子。

kill

**kill** / kɪl / 音語 氣喔(ki-ㄦ)就殺。

屠殺 **vt** 殺死，宰，毀掉，消磨 **vi** 殺死，致死

He was killed by a rifle gun.

他被一隻來福槍射殺。

 RiNd kind

**kind** / kaɪ nd / 音語 仁慈的(看的)遠。

n 類，種類，族 adj 親切的，體貼的，仁慈的

It is kind to help an injured bird.

幫助受傷的鳥是仁慈的。

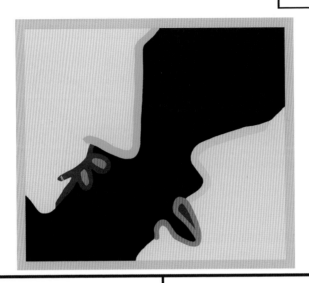

kiss

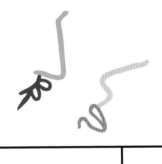

  kiss

**kiss** /kɪs/ 音語 (其實)接吻不衛生。

n 吻，輕拂 vt 接吻 vi 吻

They kiss and say good bye.

他們接吻並道再見。

knee

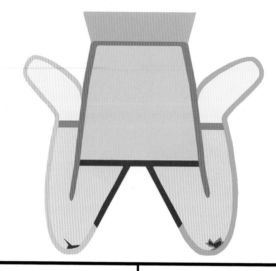

ㅠⴖᒒᒒ　Knⴖᒒᒒ　knee

**knee** ／ ni ／ 音語 (你)膝蓋受傷。

n 膝，膝蓋，膝部 vt 用膝蓋碰撞

She checks her knee.

她檢查她的膝蓋。

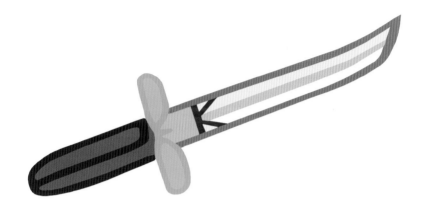

knife

K⊃·8e Kni8e knife

**knife** / naɪf / 音語 此(乃夫)君之刀。

n 刀，小刀，刀具 vt 砍，割，刺 vi 劈開，穿破

This knife belongs to the king.

刀子是屬於國王的。

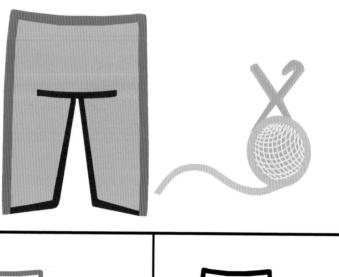

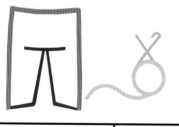 

ㄗㄇ～ㄨ㗁 Knt knit

**knit** / nɪt / 音語 (你知)編織法嗎？

**n** 編織法 **vt** 編織，使接合 **vi** 編織，接合

She knits a pair of pants with wool.

她用毛線編織一條褲子。

knock

ЯΠΟΛ⊔ ЯΠΟᗑᖺ knock

**knock** / nak / 音語 (哪個)在敲？

n 敲，擊 **vt** 敲，擊 **vi** 敲，擊打，碰撞

A visitor is knocking at the door.

有訪客在敲門。

267

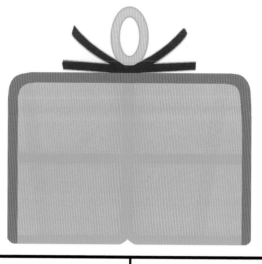

**knot** / nɑt / 音語 (那隻)蝴蝶結。

n 結，裝飾結，蝴蝶結 vt 把...打結，捆紮 vi 打結

Please tie the knot tightly, we need sent it abroad.

請將結綁緊， 我們得把它送到國外。

 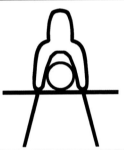

πnow  know  know

**know**  / no /  音語  把它(弄)懂。

**vt** 知道，了解，認識 **vi** 知道，了解，懂

She knows it by watching the crystal ball.

他藉由觀看水晶球知道那件事。

ladder

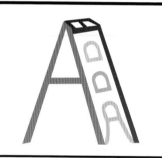

⅃ADDƎᴙ  LADDEᴙ  ladder

**ladder** / ˋlædə / 音語 爬梯子(累的)很。

n 梯子，階梯 vt 在...裝梯子 vi 成名，發跡

I need this ladder to change a light bulb.

我需要這梯子來更換一顆燈泡。

lady

**lady** / `ledɪ / 音語 小姐(淚滴)。

名 女士，夫人，小姐

The lady who wears a hat is my sister.

戴著帽子的女士是我的姐姐。

271

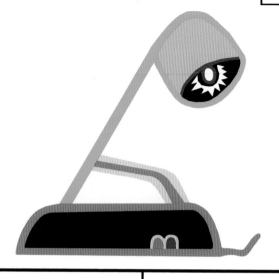

lamp

ΓΔΜΡ  ↓ΛΜΡ  lamp

**lamp** / læmp / 音語 (碾破)燈泡。

n 燈，燈油，燈泡 vt 照，照亮 vi 發亮

I turn on the lamp when I read.

當我在看書時我會開燈。

lap

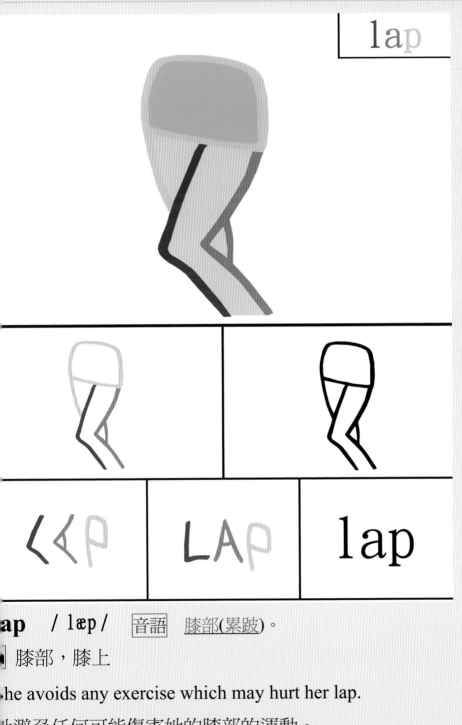

**ap** / læp / 音語 膝部(累跛)。

膝部，膝上

he avoids any exercise which may hurt her lap.

也避免任何可能傷害她的膝部的運動。

laugh

ﾚＱＵﾛﾛﾍ ＬＱＵＢﾍ laugh

**laugh** / læf / 音語 (那副)笑容。

**n** 笑，笑聲 **vt** 以笑表示 **vi** 笑，發笑，嘲笑

Don't laugh at her.

不要嘲笑她。

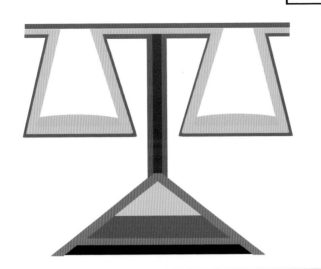

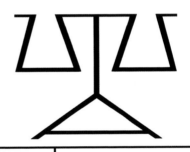

**aw** / lɔ / 音語 法學(樓)。

法，法律，法學

aw is to balance facts like a scale.

法律要像秤一樣平衡事實。

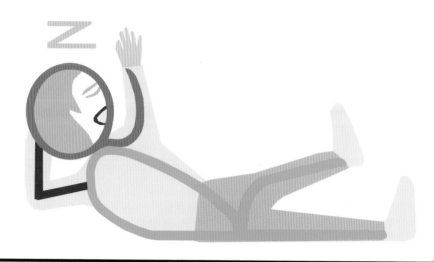

**lazy** / `lezɪ / 音語 (內急)還是慢慢的。

adj 懶惰的，怠惰的，慢慢的，懶洋洋的

Don't be a lazy man.

不要當個懶人。

leaf

leaf    / lif /    音語    樹葉(立浮)水面。    <立刻飄浮>
樹葉，一頁，活動板 **vt** 匆匆翻閱 **vi** 長葉

When leaves spur, the spring is coming.

當樹葉發芽， 就是春天來。

**learn** / lɝn / 音語 (認)真學習。

n 學習，學會，得知 vi 學，學習

He takes notes on what he learns from the internet.

他把他在網路上學到的東西筆記下來。

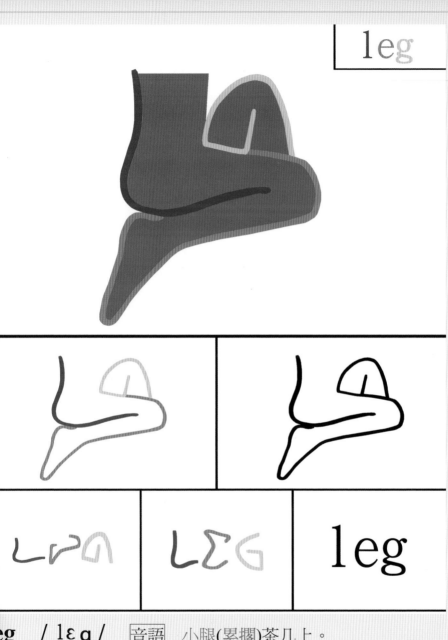

leg

leg / lɛg / 音語 小腿(累擱)茶几上。

腿，足，小腿，食用獸腿，桌椅的腳

This model has beautiful legs.

這模特兒有雙漂亮的腿。

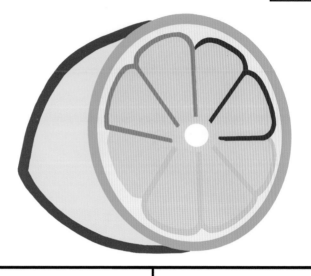

lemon

CRWOƏ LEMON lemon

**lemon** / `lɛmən / 音語 (雷門)檸檬。

**n** 檸檬，檸檬樹 **adj** 檸檬味的

Mom squeezed lemons to make lemonade.

媽媽擠檸檬做檸檬水。

# lie

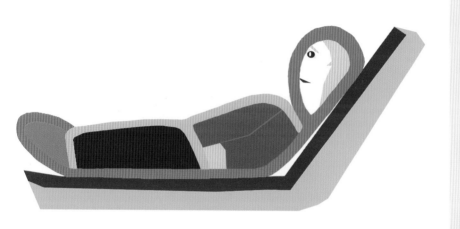

lie

**e** / laɪ / 音語 (來)躺。

位置，狀態 **vi** 躺，臥，平放，位於，展現，成立

e lies on a bed to enjoy his leisure time.

躺在一張床上享受他的悠閒時光。

lift

LΣ∞∧ LШ8T lift

**lift** / lɪft / 音語 (立扶之)抬起。

**n** 提升，電梯 **vt** 舉起，抬起，拔起 **vi** 舉，升起

We use a forklift to lift heavy goods.

我們用堆高機舉起重物。

# light

>⌐oo⊥⌐ LｲﾞghT light

**ght** / laɪt / 音語 (來次)燈光。

光，光線，燈光 **vt** 點火，照亮 **vi** 點著 **adj** 明亮的

urn on the light when you are driving in the dark.

當你正在黑暗中開車時要把燈打開。

limit

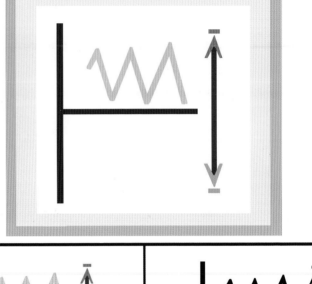

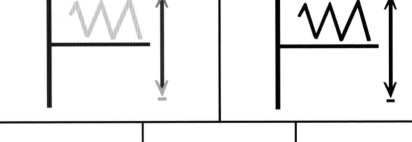

**limit** /ˋlɪmɪt/ 音語 (釐米之)界線。

**n** 界線，極限，範圍，限制 **vt** 限制，限定

We limit the stock market fluctuation to 10 %.

我們限制股票市場波動至 10 % 。

line

| | |
|---|---|
| | |

─ Ｙ∩Ε | ｌʌ∩Ε | line

**ne** / laɪn / 音語 (來摁)直線。

繩索，線，直線，排 **vt** 劃線於，沿...排 **vi** 排齊

use a pencil to draw a line.

我用鉛筆劃了一條直線。

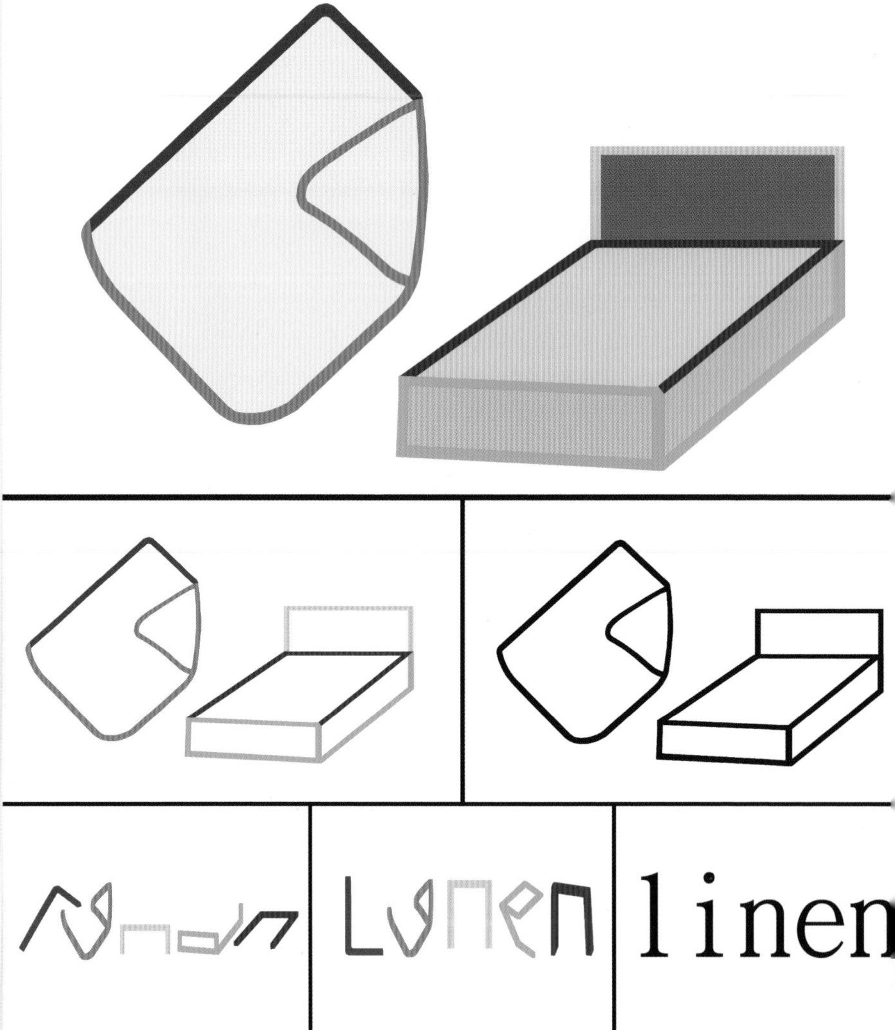

linen

**linen** / `lɪnən / 音語 (你能)洗床單。

**n** 亞麻布製品，床單

I changed the linens for visitors.

我為訪客換床單。

lip

**ip** / lɪp / 音語 (麗)唇。

n 嘴唇，唇狀物 **vt** 用嘴唇碰 **vi** 用嘴唇

Read my lips!

說到做到！

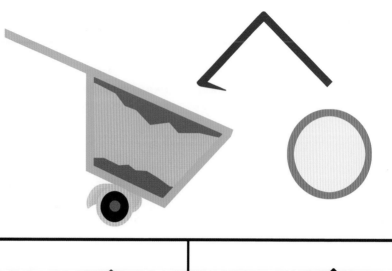

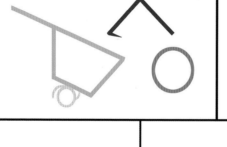
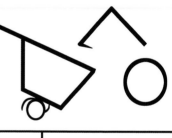

∧○○▷ LOad load

**load** / lod / 音語 以(簍)裝貨。

**n** 裝載，負擔 **vt** 裝(貨) **vi** 裝貨

We are loading goods to a cart.

我們正在將貨物裝到一台手推車裡。

288

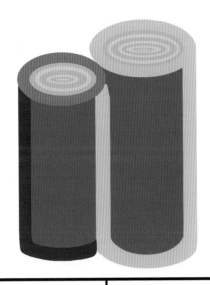

Lo | LO | log

**og** / lɔg / 音語 原木(樓閣)。

**n** 圓木，原木 **vt** 伐(木)

We chop tree trunks into smaller logs every day.

我們每天將樹幹劈成比較小的圓木。

long

/ lɔŋ / 音語 大排長(龍)。

**n** 長時間 **adj** 長的，長久的，久遠的 **adv** 長久地

She wears a long skirt.

她穿了一件長裙。

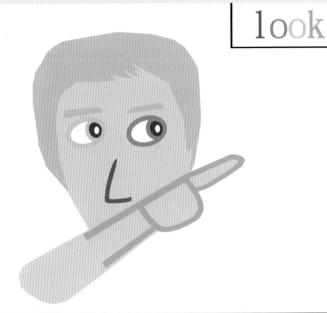

look

| | |
|---|---|
|  |  |
| LOOB | LOOB | look |

**ook** / luk / 音語 (陸客)看風景。

**n** 看 **vt** 留心，注意 **vi** 看，注意

Look! What is that?

看！ 那是什麼？

love

 love

**love** / lʌv / 音語 愛(辣撫)。

n 愛，愛情，戀愛，愛好 vt 愛，喜歡 vi 愛

The two birds love each other.

這兩隻鳥彼此相愛。

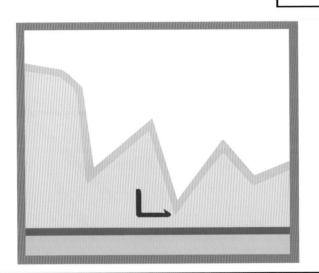

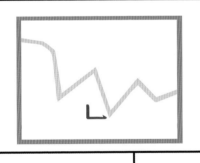 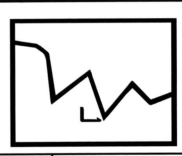

**ow** / lo / 音語 水(漏)至低點。

低水平，低點 **adj** 低的，低聲的 **adv** 低，向下地

The trust index of market keeps in a low level.

對市場的信心指數保持在一個低的水平。

lunch

lunch  lunch  lunch

**lunch** / lʌntʃ / 音語 (來去)吃午餐。

n 午餐，便餐 vt 為...供午餐 vi 吃午餐

We have Japanese egg roll rice as our lunch.

我們午餐是吃日式蛋包飯。

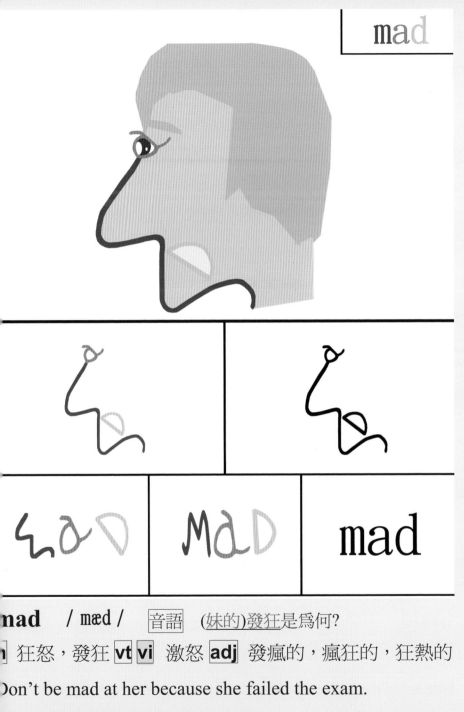

mad

**mad** / mæd / 音語 (妹的)發狂是爲何?

狂怒，發狂 **vt** **vi** 激怒 **adj** 發瘋的，瘋狂的，狂熱的

Don't be mad at her because she failed the exam.

不要因爲她考試失敗而對她發狂。

MƏ|ᴐ　MɑiD　maid

**maid** / med / 音語 (美的)少女。

n 少女，侍女，女僕，處女

She asks the maid to clean the bathroom.

她要求女僕清掃浴室。

male

| | |
|---|---|
| | |

| | | |
|---|---|---|
| ma—ε | maιε | male |

**male** / mel / 音語 (媚誘)男人。

男人，雄性動物 **adj** 陽剛的，陽性的，雄性的

The actor is famous with his male-like image.

這個演員是以他的男人氣概形象聞名。

**mall** / mɔl / 音語 某(mɔ)去商場。 ＜某=妻子＞

**n** 購物中心，商場，林蔭道路

She goes to mall every day.

她每天去購物中心。

man

**man** / mæn / 音語 男人(免)進。

人，人類，男人，男僕，情人 **vt** 給...配置人員

man stands there waiting for a health examination.

一個男人站在那邊正等著健康檢查。

march

 MARCH march

**march** / mɑrtʃ / 音語 騎(馬去)行軍。

n 行軍，行進，遊行，三月 vt 使...前進 vi 行軍

The troops marched into town.

部隊已行軍進城。

**mayor** / `meɚ / 音語 鎮長(沒耳)聽瑣事。

市長，鎮長

The mayor is explaining his plan on the city.

市長正在解釋他對這個城市的計畫。

meal

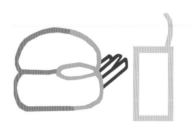

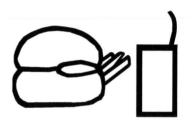

meal

**meal** / mil / 音語 吃(米又)一餐。

n 膳食，一餐，進食 vi 進食，用餐

I had a burger and coke as a meal today.

我吃漢堡及可樂當今天的一餐。

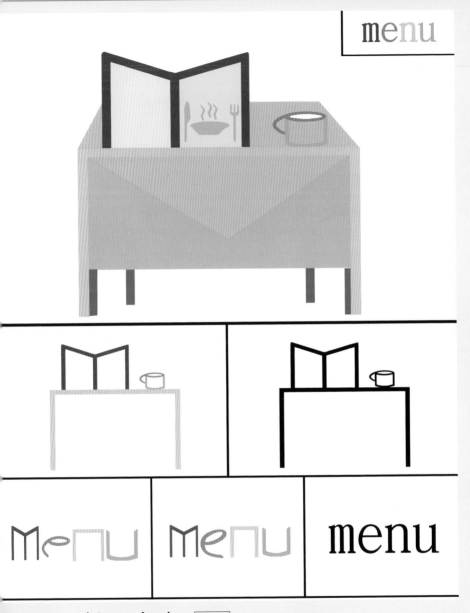

**menu** / `mɛnju/ 音語 (免量)菜單。

**n** 菜單，飯菜，選項表

He looks at the menu without any idea what to order.

他看著菜單不曉得如何點。

metro

MШTRO METRO metro

**metro** / `mɛtro / 音語 捷運(沒脫)班。

**n** 巴黎地鐵，捷運，地下鐵

I go to school by metro on weekdays.

我平日搭捷運去上學。

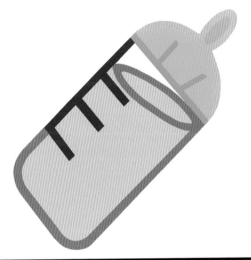

$\boxed{\text{milk}}$

$\boxed{milk}$

**milk** ／mɪlk／ 音語 (沒有渴)別喝生奶。

n 奶，牛奶，乳汁，乳狀液 **vt** 擠(奶)，榨 **vi** 擠奶

Milk is given when nursing the baby.

當餵養嬰兒時就用牛奶。

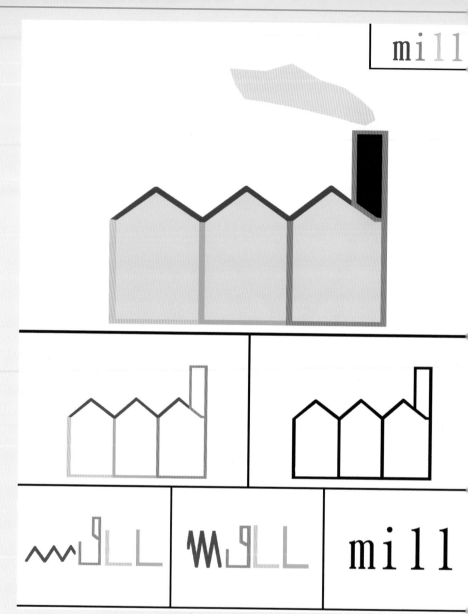

mill / mɪl / 音語 (密友)工廠。

**n** 磨坊，製造廠，工廠 **vt** 磨碾，把...磨粉 **vi** 亂轉

The mill processes down as stuffing for bedding products.

這間工廠處理羽絨作為床上用品的填充物。

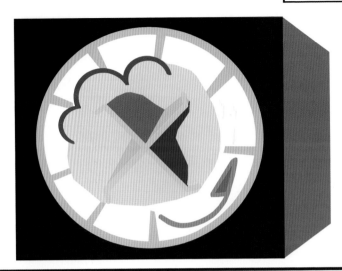

mix

**nix**　/ mɪks /　音語　(密室)混合。

混合　**vt** 使混合，使結合，混淆　**vi** 混合，結交

Ve use this machine to mix material evenly.

戈們用這機器來將原料混合均勻。

307

**mock** / mɑk / 音語 (罵客)嘲笑。

n 嘲弄，笑柄 vt vi 嘲弄，嘲笑，模仿 adj 假的

He mocked the loser.

他嘲笑失敗者。

model

| Ƨ○○ƐІ | MODƐІ | model |
|---|---|---|

**model** / mʌd!/ 音語 (麻豆)模特兒。

n 模型，模特兒 vt 做...模型 vi 做模型 adj 模範的

This is a model for tailors.

這是裁縫用的人枱模特兒。

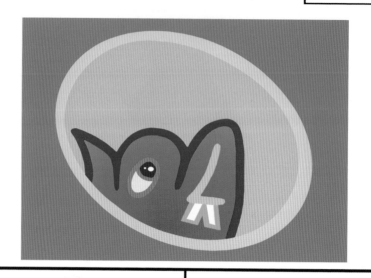

MOLU MOLE mole

**mole** / mol / 音語 (莫毆)鼴鼠。

**n** 鼴鼠

The mole looks outside of its hole.

這隻鼴鼠看它的洞口外面。

mood

∿○○⊃   MOOD   mood

**mood** / mud / 音語 (母的)情緒。

心情,情緒,氣氛,語氣

is mood looks good.

的心情看起來不錯。

311

motor

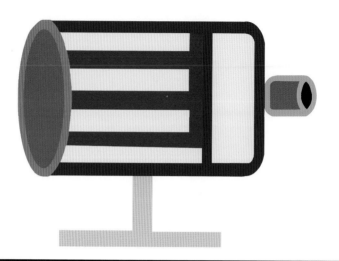

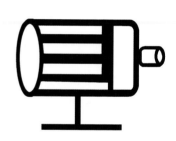

∃ΟⱮΟ∃ | ΜΟΤ◇Я | motor

**motor** / `motɚ / 音語 馬達不能(摸的)。

**n** 馬達，發動機，汽車 **vt** 用車運 **vi** 駕車 **adj** 馬達的

The motor is in good condition.

這馬達狀況很好。

| mouth |

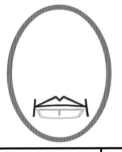 

⌒○⌒⊢ | MOUTH | mouth

**mouth** / mauθ / 音語 嘴(貌似)某人。

嘴，口，入出口 **vt** 不出聲地說 **vi** 誇大地說

he doctor asked him to open his mouth.

醫生要他張開他的嘴。

313

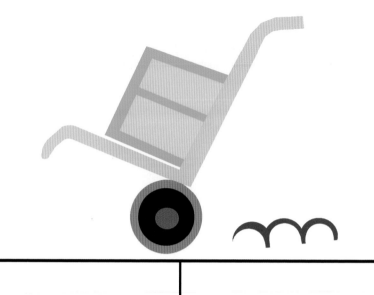

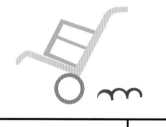

**move** / muv / 音語 提議廢(幕府)。

**n** 移動 **vt** 搬動，使移動，使感動 **vi** 移動，提議

The worker moves boxes with a cart.

工人用一輛推車搬動箱子。

movie

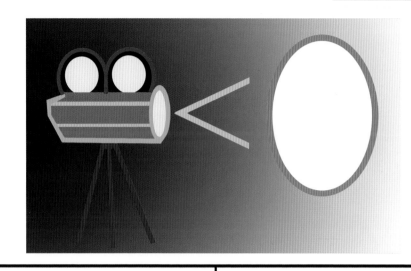

**movie** / `muvɪ / 音語 <u>電影(幕閉)</u>。 <閉幕>

電影，影片，電影院，電影業

go to the movies twice a month.

我每一個月看兩次電影。

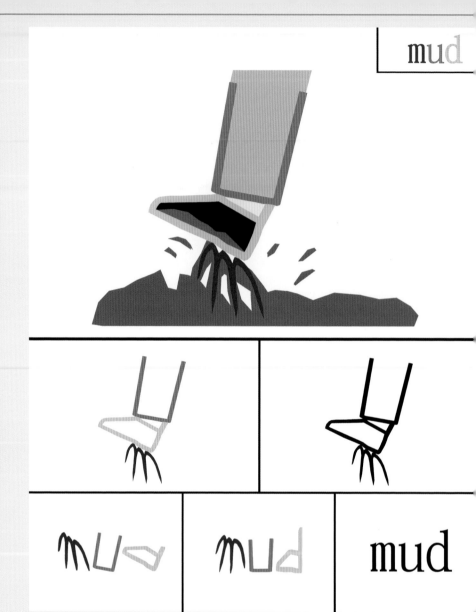

**mud** / mʌd / 音語 兩腳泥漿挨(罵的)。

**n** 泥，泥漿，泥淖

His shoe is stuck in the mud.

他的鞋子被粘在泥淖裡。

m∪ɒ　mʊɕ　mug

**mug** ／mʌɡ／ 音語 (馬哥)馬克杯。

有柄杯，馬克杯

collect mugs as souvenirs whenever I visit a new resort.

當我到訪一個新旅遊區我收集馬克杯當紀念品。

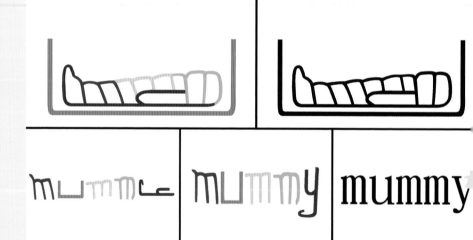

**mummy** / ˋmʌmɪ / 音語 (媽迷)木乃伊。

**n** 木乃伊，不腐屍體

The mummy is preserved in a case.

木乃伊保存在一個木箱內。

318

mute

**mute** / mjut / 音語 勿(藐視)啞巴。

名 啞巴 **vt** 消音 **adj** 沈默的，說不出話的，啞的

He keeps mute in the temple.

他在寺廟裡保持沈默的。

**nail**　/ nel /　音語　小心用<u>指甲</u>(捏喔)。

**n** 釘子，指甲，喙　**vt** 敲，釘，將...釘牢，捉住

She used to go to a nail salon to take care of her nails.

她習慣到指甲沙龍來保養她的指甲。

naked

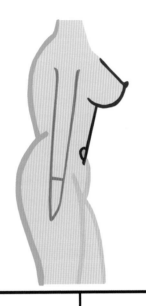

ɔʌʞɘʇ  nɑʞɘʇ  naked

naked　/ `nekɪd /　音語　赤裸只因(內急的)。

adj　裸露的，光身的，無...的，赤裸裸的

The naked body is not allowed on this beach.

裸露的身體在這沙灘是不允許的。

321

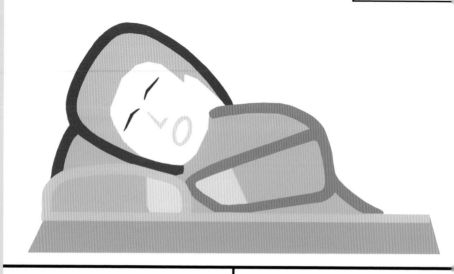

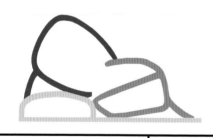 

**nap** / næp / 音語 午睡(哪怕)只一會。

n 打盹，午睡 vi 打瞌睡，小睡

I take a nap after lunch break time.

我午餐休息時間睡個午覺。

navy

navy

**navy**　　/ `nevɪ /　　音語　(那ㄋㄟˋ批)海軍。

**n** 海軍，艦隊

The navy is the security frontline of our country.

海軍是我們國家的安全前線。

323

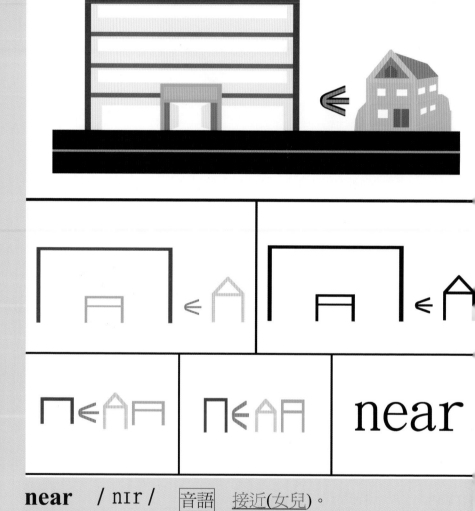

near

**near** / nɪr / 音語 接近(女兒)。

**adj** 近的，接近的 **adv** 近，接近 **prep** 在...附近

My apartment is quite near to my office.

我的公寓跟我的辦公室是很接近的。

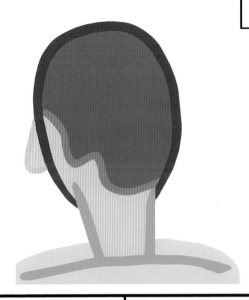

neck

  neck

**eck** / nɛk / 音語 (捏個)臉紅脖子粗。

頸部，脖子 **vt** 使變窄，使變細 **vi** 變細，變窄

is very important to protect your neck.

保護你自己的脖子很重要。

nest

OESH NEST nest

**nest** / nɛst / 音語 巢(內濕著)。

n 巢，窩，穴，一窩，賊窟 vt 為...築巢 vi 築巢

The bird is nesting in a tree.

這隻鳥正在樹上築巢。

net

NET NET net

**net** / nɛt / 音語 (那隻)網。

網，淨值 **vt** 用網捕，使淨得 **vi** 編網 **adj** 純的

Did you catch anything in your net?

你在你的網子內有抓到任何東西嗎？

next

**next**  / `nɛkst / 音語 (內閣失策)組下一個。

n 下一個(人) adj 鄰近的，其次的 adv 然後 prep 緊

Next is my turn.

下一個是輪到我。

nod

nod / nɑd / 音語 (拿的)人點頭。

點頭，打瞌睡 **vt** 點(頭)，點頭表示 **vi** 點頭，打瞌睡

He nodded during the lecture.

他在講演的時候打瞌睡。

**noon** / nun /  音語  中午(努)力吃。

**n** 正午，中午

He stands under the sun at noon.

他中午時站在太陽下。

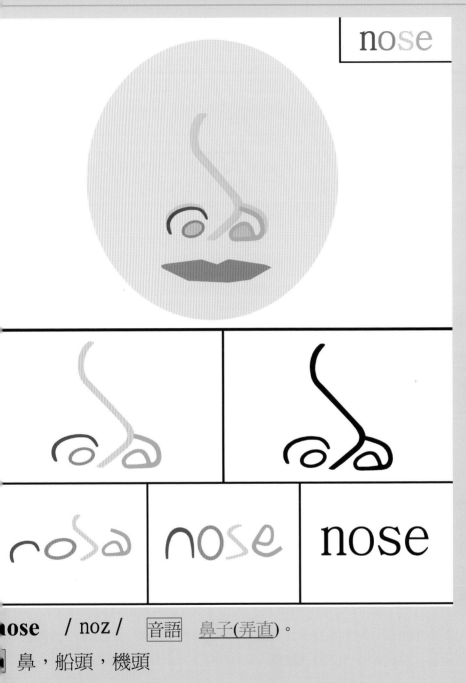

nose

**nose** / noz / 音語 鼻子(弄直)。

鼻，船頭，機頭

His nose is very important; he is a wine-taster.

她的鼻子很重要， 他是一位品酒師。

numb

∩∪⅋Β ∩∪ΛΛΒ numb

**numb** / nʌm /  音語  凍僵受(難)。

**vt** 使麻木，使驚  **adj**  凍僵的，麻木的，驚呆的

My body is numb because of the cold weather.

我的身體因寒冷氣候而凍僵麻木了。

oath / oθ / 音語 (歐式)誓言。

誓言，誓約，宣誓，詛咒

I made an oath that all I said is nothing but truth.

我發了誓言， 我說的全是事實。

**obese** / o`bis / 音語 (偶鄙視)肥胖的官。 <偶=我

**adj** 肥胖的，過胖的

An obese man sits over there.

一個肥胖的男人坐在那裏。

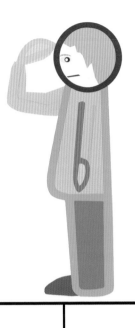

obey

obey

**obey** / əˈbe / 音語 服從(耳背)的人。

**vt** 服從，聽從，遵守 **vi** 服從，聽話

Yes Sir, I will obey your order.

是的先生， 我會遵守你的命令。

odor

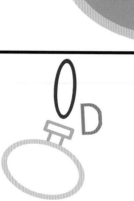

| ODOR | ODOR | odor |

**odor** / `odɚ / 音語 (偶的)味道。 <偶=我>

**n** 氣味，香氣，味道，名氣

The odor of this perfume smells good.

這香水的香氣聞起來不錯。

**ff** / ɔf / 音語 (偶夫)休假的。 <偶=我>

**dj** 休假的 **adv** 脫落，離開，停止 **prep** 脫落，掉下

The leaf drops off from the tree.

這樹葉從樹上掉落。

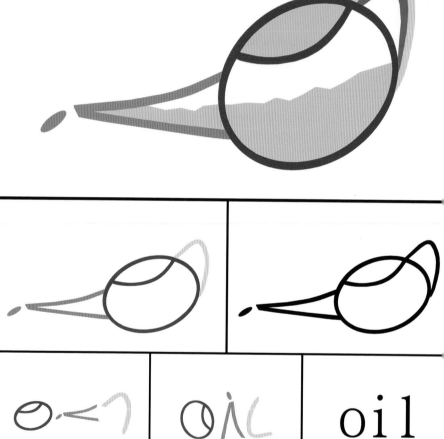

**oil** / ɔɪl /　音語　汽油(鷗魚油)。

**n** 油，石油，汽油，油畫 **vt** 在...塗油 **vi** 溶化

To make the machine run smoothly, we put oil on it.

為了讓機器運轉平順， 我們在上頭加了油。

old

OLD    OLD    old

**ld**    / old /    音語    老(鷗的)。

古時    **adj**    舊的，老的，上年紀的

The old man walks with a stick.

這老人撐著手杖走。

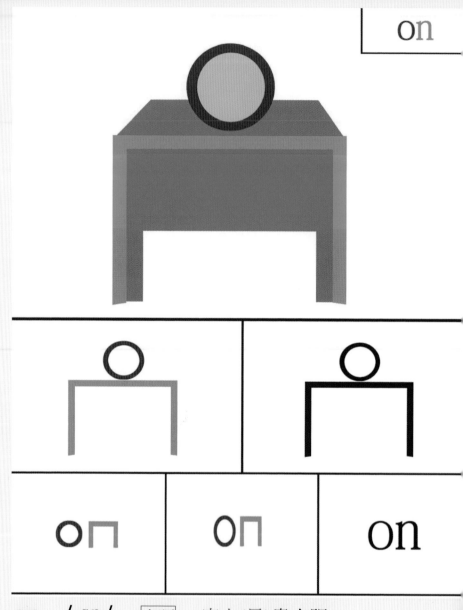

**on** /ɑn/ 音語 <u>穿上(昂)貴衣服</u>。

**adj** 在進行的 **adv** 穿上，關於 **prep** 在...上，掛在...上

The ball is on the desk.

這球是在這桌子上。

only　/ `onlɪ /　音語　唯一的(甕梨)。

**dj** 唯一的，最適的　**adv** 才，只，僅　**conj** 不過

here is only one ring in this box.

盒子中只有一隻戒指。

open

**open** / `opən/ 音語 (偶噴)開的。 <偶=我>

**n** 戶外 **vt** 打開，開張 **vi** 開 **adj** 開的，營業的，開放的

I open it with an opener.

我用開瓶器打開它。

out

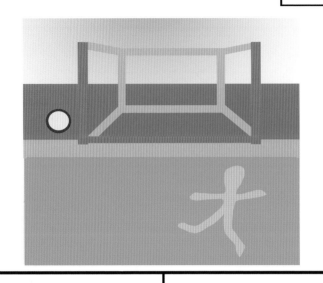

**ut** / aʊt / 音語 在外(傲馳)。

出局 **adj** 外的 **adv** 在外，完，出界 **prep** 從…出

e kicks the ball out.

把球踢到外面。

343

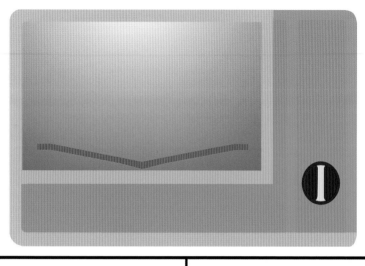

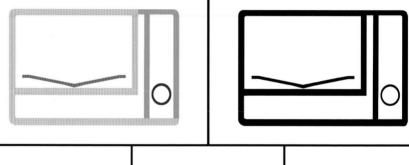

oven / `ʌvən / 音語 (阿芬)烤箱。

**n** 烤箱，爐灶

We need to buy a new oven.

我們得買一個新烤箱。

**ver** / `ovɚ / 音語 (毆婆)太超過。

**rep** 在...之上，超過 **adj** 結束的 **adv** 在上方，過分

he Frisbee flies over me.

飛盤飛在我的上面。

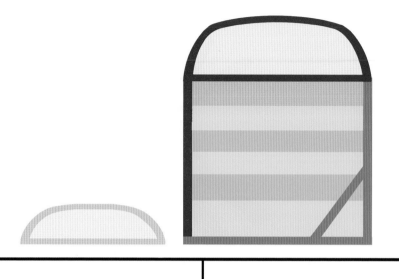

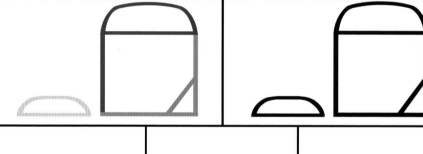

pad

**pad** / pæd / 音語 鞍墊(配的)好。

**n** 襯墊，鞍墊，便條紙簿 **vt** 填塞 **vi** 輕腳步走

There is a pad on the box horse.

跳箱的上面有一個墊子。

$$\boxed{\text{pa}l\text{m}}$$

PAꟷm PAꟷm palm

**alm** / pɑm / 音語 手掌(捧-ㄆㄤˇ)碗 。

手掌，手心，前足，棕櫚 **vt** 藏於掌中

he palm is the inner side of a hand.

手掌是一隻手的內側。

pan

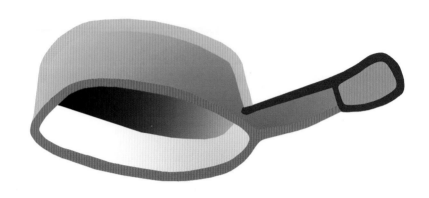

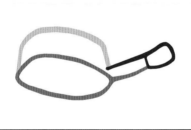

pan / pæn / 音語 (騙)到平底鍋。

**n** 平底鍋，盆地,，窪地　**vt** 淘洗　**vi** 淘金

What will you cook with this pan?

你要用這個平底鍋煮什麼？

# pants

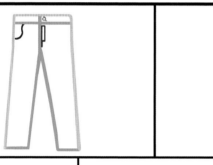 

pants

**pants** / pænts / 　音語　 穿褲子(偏執)某牌。

褲子，長褲

These are my favorite pants.

這些是我喜愛的褲子。

party

**party** /ˋpartɪ/ 音語 (怕敵)政黨。

**n** 集會，派對，政黨

He held a birthday party for his girl friend.

他為他的女朋友辦了一個生日宴會。

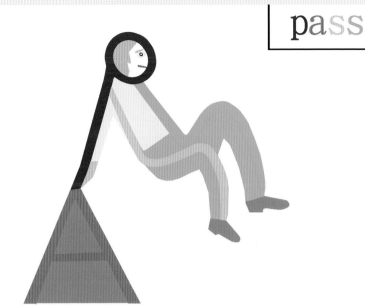

pass

PASS    pass

pass    / pæs /    音語    傳遞(配飾)。

越過，及格 **vt** 超過，傳遞 **vi** 越過，超過

He will pass over it.

他將越過它上面。

pause

PAUSE PAUSE pause

**pause** / pɔz / 音語 (迫止)中止。

n 暫停，中止 vi 暫停，中止

Pause is a temporary stop.

暫停是一個暫時的停止。

**pay** / pe / 音語 被迫(賠)付。

**n** 支付, 工資 **vt** 付(款), 支付, 給報酬 **vi** 支付, 償清

Please pay your fee at entrance.

請在入口處支付你的費用。

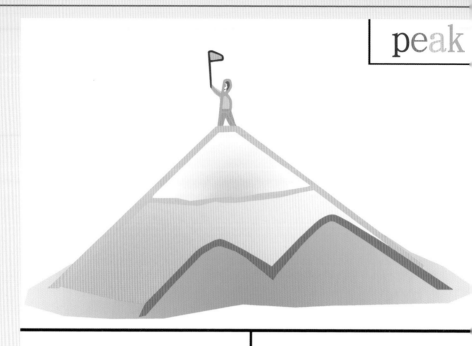

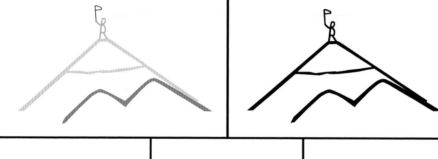

**peak** / pik / 音語 山頂(劈鴿)。

**n** 山頂，最高點 **vt** 使達高峰 **vi** 達到高峰

He is waving a flag at the peak of the mountain.

他正在山的最高點揮動一隻旗子。

$P \epsilon \epsilon \iota$   $P \epsilon \epsilon L$   peel

**peel** / pil / 音語 (皮厚)削皮。

n 果皮，蝦殼 vt 削皮，剝殼 vi 剝落，脫皮

He is peeling an apple.

他正在削蘋果皮。

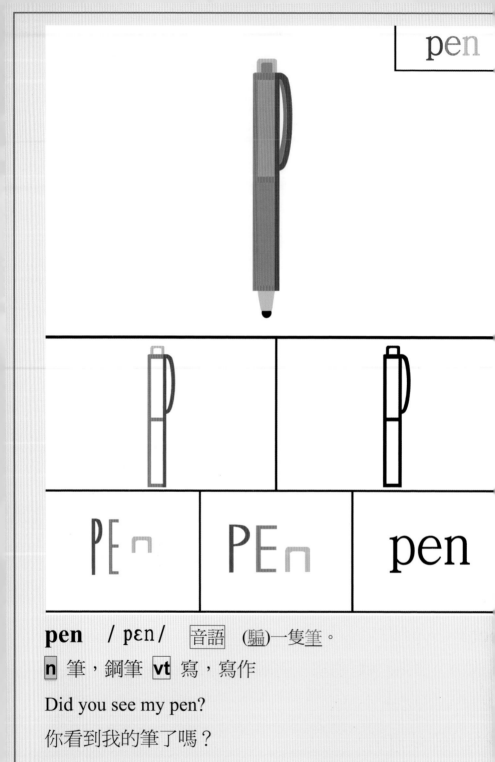

**pen** / pɛn / 音語 (騙)一隻筆。

**n** 筆，鋼筆 **vt** 寫，寫作

Did you see my pen?

你看到我的筆了嗎？

pet

**pet** / pɛt / 音語 寵物(陪吃)。

寵物，寵兒 **vt** 鍾愛，寵愛 **vi** 撫摸 **adj** 寵物的

have a pet dog.

我有一隻寵物狗。

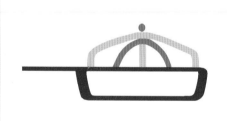

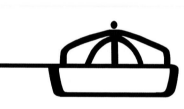

**pie** / paɪ /  音語 餡餅(派)。

n 派，餡餅，極簡單之事

He baked a pie in a pan.

他用一個平底鍋烘焙派。

# piece

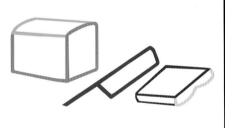 

piece

**piece** / pis / 音語 (皮撕)一片片。

**n** 一張，一片，部分 **vt** 拼湊

They slice a loaf of bread into many pieces.

他們把一條麵包切成很多片。

359

**pig** / pɪg / 音語 (劈個)豬。

**n** 豬，豬肉 **vi** 生小豬

This pig has been raised for ten years.

這頭豬已經養十年了。

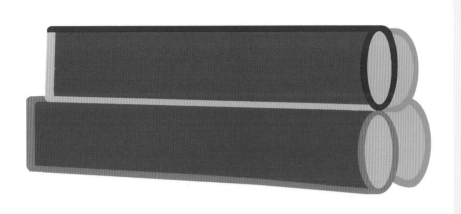

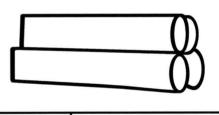

**pile** / paɪl / 音語 堆積(排喔)。

**n** 一堆，大量 **vt** 堆積，疊，裝車 **vi** 堆積，累積

The worker piles logs all afternoon.

這工人整個下午在堆積木頭。

pilot

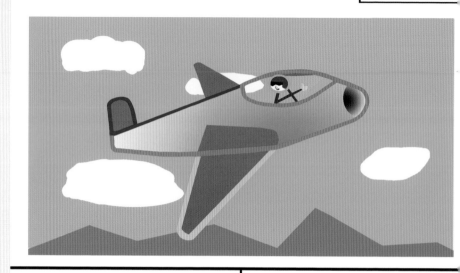

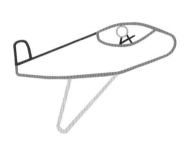 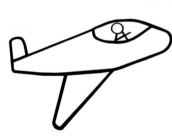

pilot

**pilot** / `paɪ lət / 音語 舵手(派樂事)。

**n** 舵手，飛行員，領導人 **vt** 領航駕駛 **adj** 引導的

The pilot waves his hand from the plane cabin.

飛行員在飛機駕駛艙內揮手。

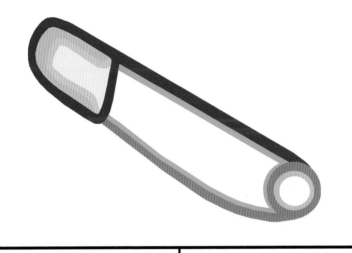

# pin

pin

**in** / pɪn / 音語 鑲鑽別針當(聘)禮。

大頭針,別針,胸針 **vt** 別住

he safety pin was invented many years ago.

安全別針很多年前就發明了。

pi tch

ᴏᴏᴛᴄʌ ｜ Pᴈᴛᴄʌ ｜ pi tch

**pitch** / pɪtʃ / 音語 被(批急)投球。

**n** 投，投球，推銷　**vt** 投擲，把…定在　**vi** 投擲

He pitches the first ball in this baseball game.

他投出在這次棒球比賽的第一個球。

place

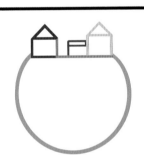 

FLAUE PLACE place

**place** / ples / 音語 清理地方(不累死)。

n 地方，地點，地位，住所，場所 **vt** 放置，安置

Let's meet at the same place.

讓我們在相同的地方碰面吧。

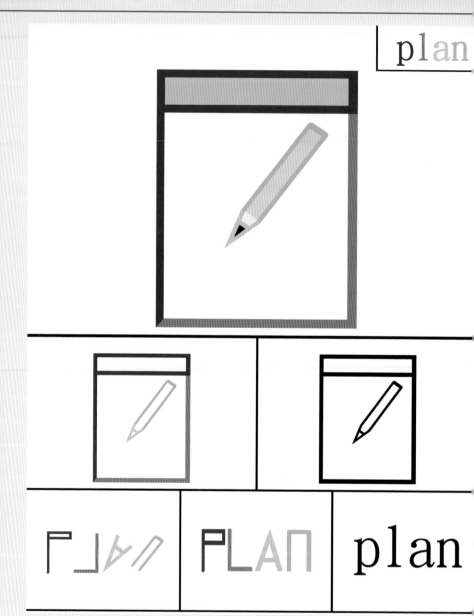

plan

**plan** / plæn / 音語 計劃光說(不練)。

n 計劃，方案，打算，平面圖 vt vi 計劃，打算

I wrote my plan for this summer vacation.

我寫下這個暑假的計畫。

plane

PLANe plane

**plane** / plen / 音語 飛機(撲臉)而來。

平面，水平，飛機，刨鏝 **vt** 翱翔，刨 **adj** 平的

hope I can fly a plane someday.

我希望有天能夠開飛機。

plan

plant

**plant** / plænt / 音語 這植物(不能吃)。

n 植物,農作物,工廠 vt 栽(樹),播(種),安放

He plants a tree in a small pot.

他將一株樹種植在一個小花盆裏。

368

plug

**plug** / plʌg / 音語 插頭(布拉格)製造。

插頭，塞子，堵塞物 **vt** 把...塞住 **vi** 苦幹，接電

...ut the plug into the socket outlet before using the computer.

...用電腦前先把插頭插入插座裡。

**pond** / pɑnd / 音語 (傍)池塘而居。

**n** 池塘，魚塘 **vt** 築堤造湖 **vi** 築成水池

There is only one fish in this pond.

池塘裡只有一隻魚。

**pony** / `ponɪ / 音語 小馬(潑泥)。

■ 小馬，註釋本 **vt** **vi** 付清，讀譯本 **ad** 小型的

This pony is for children to ride only.

這隻小馬只供小孩騎乘。

QOOR POOR poor

**poor** / pʊr / 音語 貧窮的(撲鵝)。

**adj** 貧窮的，粗劣的，不足的，可憐的

As a poor man, what he earns is from hand to mouth.

作爲一個窮人， 他所賺到的只能糊口而已。

# pose

POSE POSE pose

**pose** / poz / 音語 (婆子)姿勢。

n 姿勢,姿態 vt 擺姿勢,擺正,提出 vi 擺姿勢

Her pose makes her husband nervous.

她的姿態讓她丈夫很緊張。

**pour** / por / 音語 (潑)倒。

n 倒，傾瀉 vt 倒，灌，傾注，傾吐 vi 倒，傾瀉

He pours the water from one glass to the other.

他將水從一個杯子倒到另一個。

**pray** / pre/ 音語 (背)祈禱文。

vt 祈禱，祈求 vi 祈禱，祈求

He prays to God for peace.

他向上帝祈求和平。

prop

**prop** / prɑp / 音語 手雖(破皮)要支撐。

**n** 支柱，支撐物，支持者　**vt** 支撐，支持，架

The injured person uses crutches to prop himself up.

這受傷的人使用拐杖來支撐住自己。

pull

Q 小门   PULL   pull

**pull** / pul / 音語 拉著(布偶)。

拖,拉 **vt** 拖,拉,牽拽,拔,採 **vi** 拖,拉

he pulls the sliding door carefully.

她小心地拉開這扇滑門。

377

**punch** / pʌntʃ / 音語 拳打(胖雞)。

**n** 拳打，打孔器 **vt** **vi** 用拳猛擊，打孔

He punches the sand sack as part of his daily training.

他以打沙袋作爲他的每日訓練的一部分。

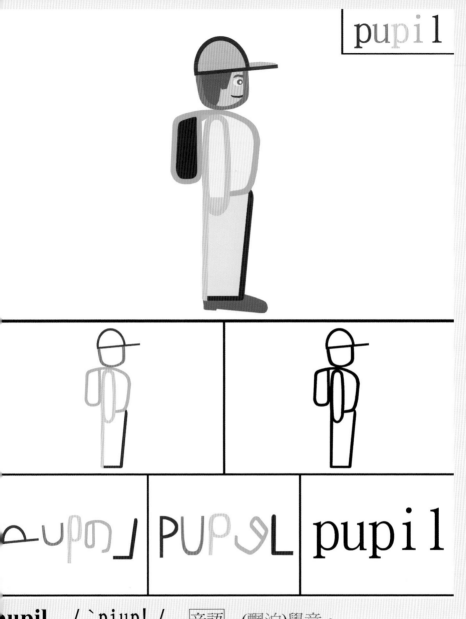

pupil / `pjup!l / 音語 (飄泊)學童。

小學生，學童，瞳孔

The pupil goes to school with a back-pack.

這學童背著一個背包上學。

**puppy** / `pʌpɪ / 音語 小狗(怕屁)。

**n** 小狗，幼犬，幼小動物 **adj** 小狗似的

A puppy is walking towards me.

一隻小狗對著我走過來。

purse

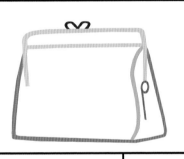 

PURSM  PURSE  purse

**urse** / pɝs / 音語 錢包(潑濕)。

錢包，手提包，金錢 **vt** 縮合 **vi** 嚟起

he has an expensive purse.

也有一個很貴的皮包。

381

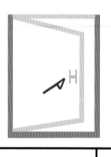 

 PUSH push

**push** / puʃ / 音語 (不惜)推開。

**n** 推，推開 **vt** 推，推進，催促 **vi** 推，推開

He pushes the door open and enters the room.

他推開門進入房間。

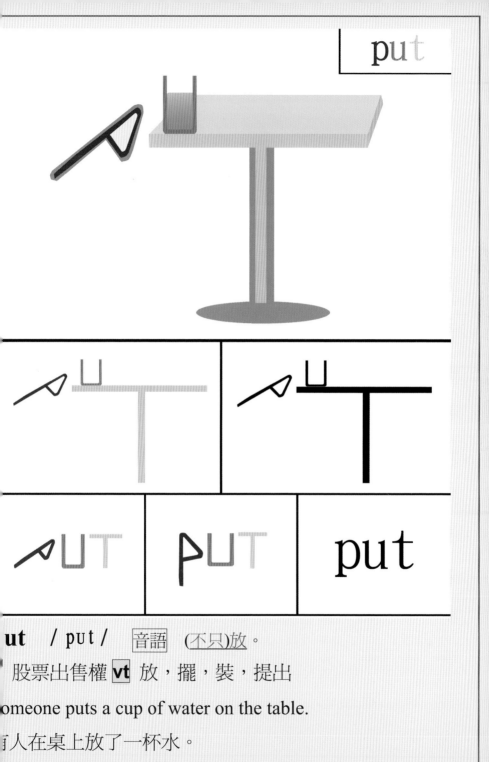

**put** / put / 音語 (不只)放。

股票出售權 **vt** 放，擺，裝，提出

...omeone puts a cup of water on the table.

有人在桌上放了一杯水。

query

**query** / `kwɪrɪ / 音語 詢問幾里(kwi –ri-)遠。

**n** 質問，詢問 **vt** 問，詢問 **vi** 詢問

The guard makes a query about my bag.

保安人員對我詢問有關於袋子的事。

# queue

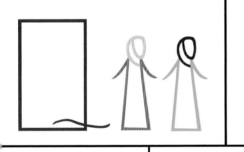
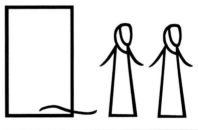

**queue** / kju / 音語 排隊救(kju)人。

**n** 排成長隊 **vi** 排隊

The sisters walk into the store and queue up for shopping.

姊女們走進店裡後就排隊購物。

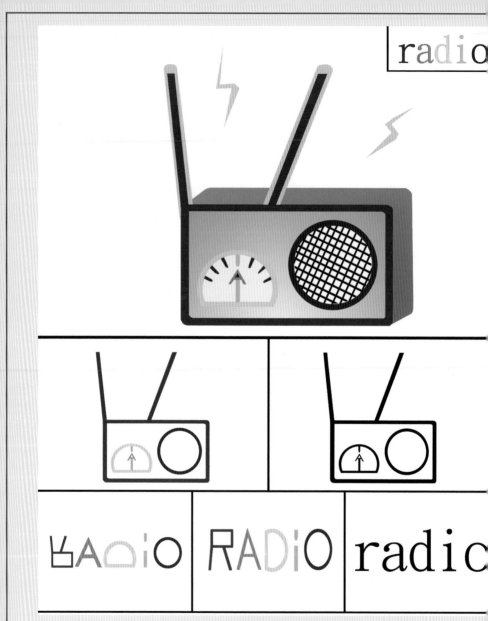

radio  / `redɪˌo/  音語  聽收音機(淚滴喔)。

**n** 無線電，無線電話，無線電廣播，收音機

When I was a kid, my father gave me a radio.

當我還是小孩時， 我父親給我一個收音機。

# rail

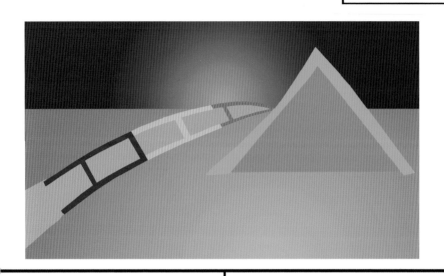

| | |
|---|---|
| ㄌㄥㄒ∧ | AAIL |

rail

**rail** / rel / 音語 (瑞歐)鐵路。 <瑞士歐洲>

**n** 鐵軌,鐵路 **vt** 用欄杆圍,鋪軌 **vi** 乘火車旅行

The rail extends to places that we will never know.

這條鐵路延伸到一些我們將永遠不會知道的地方。

387

rain

 RAiN rain

**rain** / ren / 音語 雨水(淚痕)。

n 雨，雨水，降雨 vt 使如雨下 vi 下雨，降雨

It rains.

下雨了。

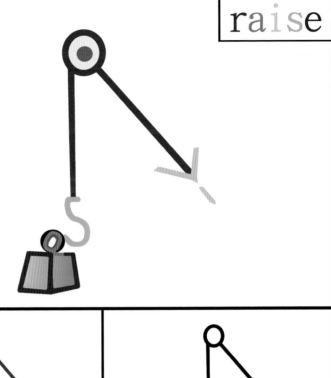

raise

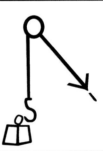

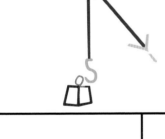

RAISE RAISE raise

**raise** / rez / 音語 爲加薪(累死)。

**n** 加薪，舉，升 **vt** 舉起，增加，提高，籌集，養育

We use a hoist to raise it up.

我們使用一具吊車來舉起它。

ranch

RUΠCH RAΠCH ranch

**ranch** / ræntʃ / 音語 牧場內(輪騎)馬。

**n** 牧場，農場

Her parents own a ranch.

她的雙親擁有一座牧場。

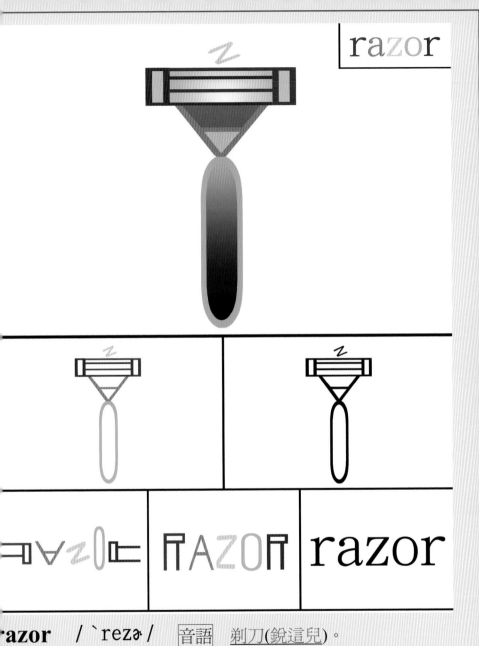

**razor** / `rezɚ / 音語 剃刀(銳這兒)。

**n** 剃刀 **vt** 剃，用剃刀刮

This razor is a gift for my uncle.

這剃刀是一件要給我叔叔的禮物。

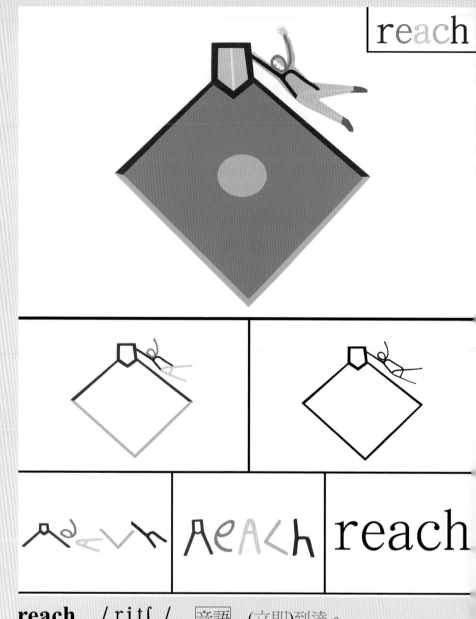

**reach** / ritʃ / 音語 (立即)到達。

**n** 可及處 **vt** 到達，觸到，擊中 **vi** 伸出手，觸到

The player reached the home base plate safely.

球員安全地觸到本壘板。

read

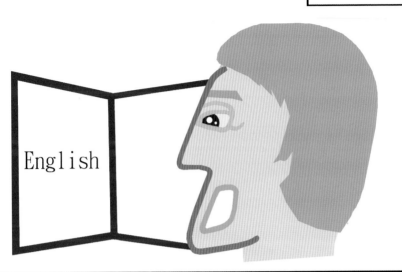

English

ᄄᄐᄅᄀᄀ ᄀᄅᄅᄀᄀ read

**read** / rid / 音語 閱讀(立得)知識。

读物，閱讀 **vt** **vi** 讀，閱讀，朗讀，讀到，讀取

Can you read this book for me?

你可以為我讀這本書嗎？

393

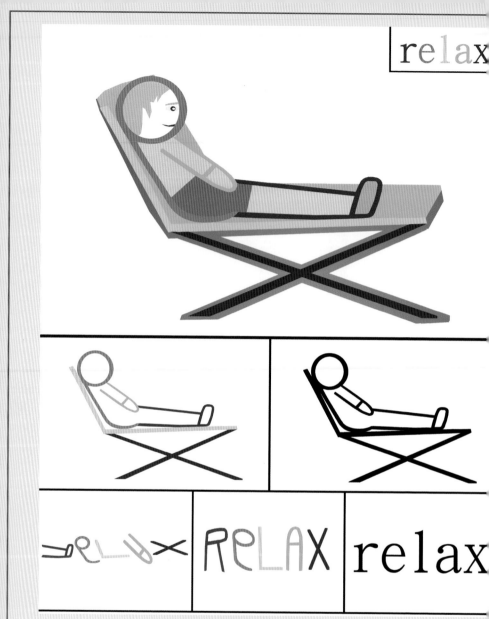

**relax** / rɪ`læks/ 音語 (你累可是)心情<u>放鬆</u>。

**vt** 使鬆弛，使放鬆，使輕鬆 **vi** 鬆弛，放鬆

Please relax in this seaside resort.

在此海邊度假勝地請放鬆。

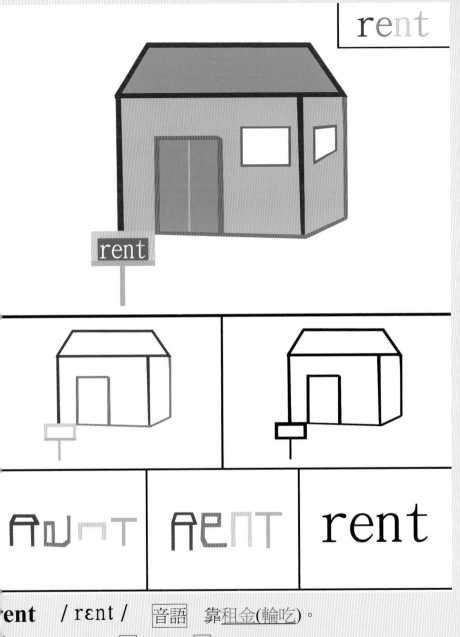

rent

**rent** / rɛnt / 音語 靠租金(輪吃)。

n 租金,出租 vt 租用 vi 出租

This house is for rent.

這房子是要出租的。

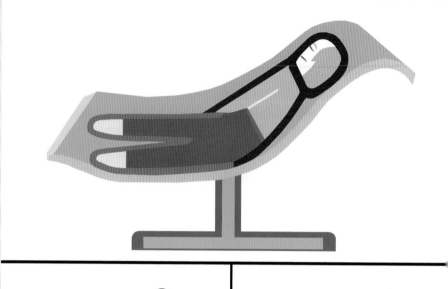

**rest** / rɛst / 音語 休息以免(累死著)。

**n** 休息，停止 **vt** 使休息，使安息 **vi** 休息，睡

I take a rest after lunch.

我午餐後休息一下。

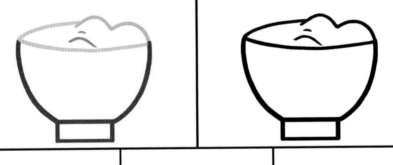

**rice** /raɪs/ 音語 (來食)米飯。

**n.** 稻穀,稻米,米飯

Asian people eat rice as their staple food.

亞洲人吃米飯做為他們的主食。

**rid** / rɪd / 音語 <u>清除(綠的)</u>草。

**vt** 使免除，使擺脫，把...清除

I rid a garden of grass.

我把花園的草清除。

ride

  ride

**ide** / raɪd / 音語 騎車(來的)。

騎，乘坐，搭乘 **vt** 騎，乘 **vi** 騎馬(車)，乘坐

he rides a motorbike to my office.

也騎摩托車到我辦公室。

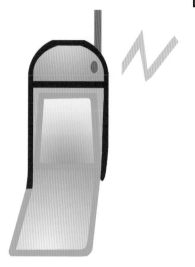

ring

A！Ｎ日　ＡｉＮ日　ring

**ring** / rɪŋ /　音語　鈴聲(鈴)。

n 圈環，鈴聲，戒指，耳環 vt 包圍，按鈴 vi 鈴響

Your mobile is ringing.

你的手機在響。

# rinse

**inse** / rɪns / 音語 沖洗(淋濕)衣。

沖洗，漂洗 **vt** 沖洗，輕洗，潤絲 **vi** 漂洗

1om rinses trousers for father.

馬為爸爸沖洗長褲。

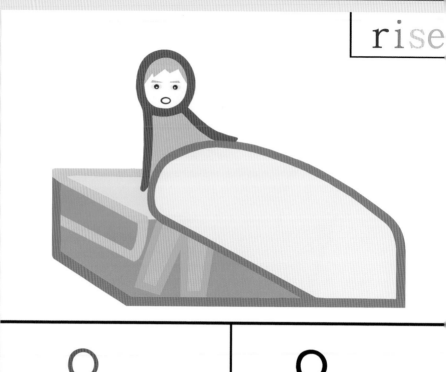

rise

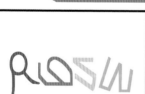 

**rise** / raɪz / 音語 起床(來吃)飯。

n 上升，上漲 vt 使…飛起 vi 起床，上升，升起

He rises from bed at ten o'clock in the morning.

他早上十點才起床。

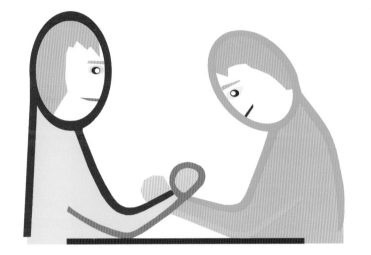

rival

rival / `raɪv!/ 音語 對手(賴博)。 <賭博要賴>
競爭者，對手 **vt** 與...競爭 **vi** 競爭 **adj** 競爭的

hey are rivals in the arm wrestling match.

也們在手臂角力比賽裡是對手 。

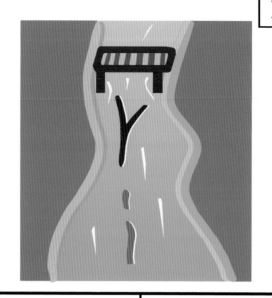

**river** / `rɪvɚ / 音語 涉水(力博)河急流。

**n** 江，河

This is the only river in our town.

這是我們鎮裡唯一的一條河。

RO呂口　ROad　road

**oad** / rod /　音語　(驛的)街道。

路，道路，街道

his is the road that I walked on when I left home.

是是我離家時走的路。

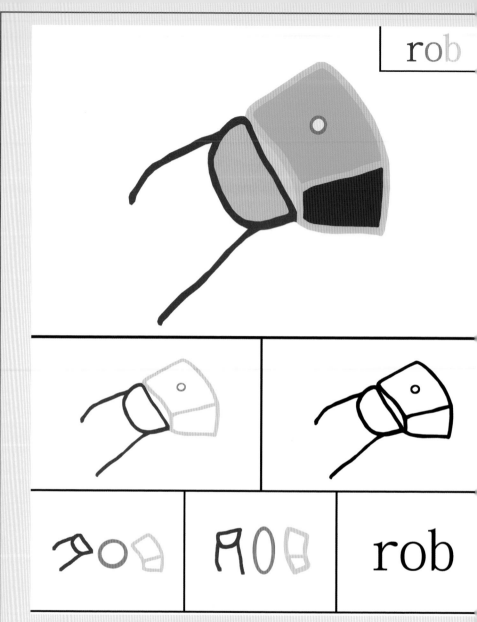

**rob** / rɑb / 音語 <u>搶劫(拉破)</u>皮包。

**vt** 搶奪，搶劫，劫掠，盜取 **vi** 搶劫，劫掠，掠奪

A guy robbed me of my purse.

有個傢伙搶奪我的皮包。

**roll** / rol / 音語 滾動銅(鑼)。

滾動 **vt** 使滾動,使打滾,捲 **vi** 滾動,打滾,轉動

he is rolling the ball.

地正在滾動這顆球。

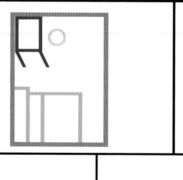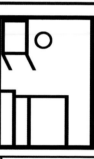

 ROOM room

**room** / rum / 音語 輪(ru-m)住房間。

**n** 房間，空間，場所，餘地 **vt** 爲...供住處 **vi** 住

I need a room with furniture.

我需要有一個附家具的房間。

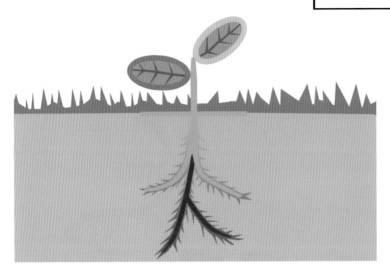

root

人〇大 　ｒ〇〇大 　root

**oot** /rut/ 　音語 　迷路根源是(路癡)。

根部,地下莖,根源 **vt** 使生根,搜尋 **vi** 生根

he roots extend deep into the soil.

些根部延伸到土壤深處裡。

rope

**rope** /rop/ 音語 (落魄)賣繩子。

**n** 繩子，套索，絞刑 **vt** 捆紮，縛綁 **vi** 擰成繩

I pick up the rope.

我把繩子撿起來。

round

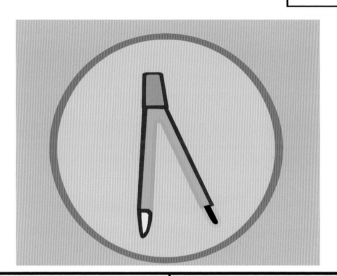

AOUAD  AOUAD  round

**round** / rau nd / 音語 畫(亂的)圓圈。

n 一輪 **vt** 使變圓 **vi** 變圓 **adj** 圓的 **adv** 環繞地

Can you draw a round face without a compass?

不用圓規你能畫出一個圓臉嗎？

rub

rub　/rʌb/　音語　擦掉(賴 ㄖㄚ)別人。

**n** 摩擦，擦　**vt** 擦，用...擦，觸痛　**vi** 磨擦，被擦掉

We use an eraser to rub out the wrong words.

我們用一塊橡皮擦掉錯字。

412

rude

**rude** / rud / 音語 粗魯的(魯的)。

**adj** 粗魯的，無禮的，大略的，天然的，野蠻的

The man becomes rude after he is drunk.

這男人喝醉後變成粗魯的。

rule

RUL€  RULE  rule

**rule** / rul / 音語 規則(如後)。

n 規則，習慣，支配，統治 vt vi 統治，控制，裁決

This country is ruled by the queen.

這國家是由女王統治的。

run

ᏒᏌᏁ    ᏒᏌᏁ    run

**run**   / rʌn /   音語   (亂)跑。

跑，運轉 **vt** 使跑，使奔，經營 **vi** 逃跑，運行

Run for your life!

快逃命吧！

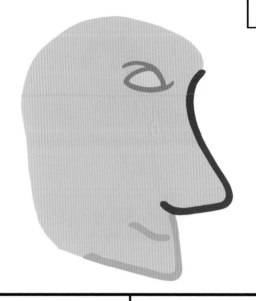

sad

**sad**　/ sæd /　音語　(誰的)悲傷比我深。

**adj** 悲哀的，悲傷的

He is sad because he failed the exam.

他是爲了考試失敗而悲傷的。

sand

**sand** / sænd / 音語 (仙的)沙灘。

n 沙，沙灘 vt 用砂紙磨 vi 用沙堵塞

What are you going to do with the sand?

這沙子你將要用來做什麼的？

say

**say** / se / 音語 (誰)說。

n 所說的話 vt 說，講述，假設 vi 說，發表意見

Whatever he says is important.

無論他說什麼都是重要的。

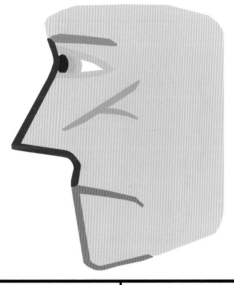

scar

## scar / skar / 音語 (是尬)車的傷疤。

疤痕，傷疤，創傷 **vt** 留下疤痕，損傷 **vi** 結疤

e has a scar on his face.

也臉上有一道傷疤。

scare

scare / skɛr / 音語 (是假)受驚。

n 驚嚇 vt 使恐懼 vi 受驚 adj 駭人的

The snake scared him.

這隻蛇嚇到他了。

scarf

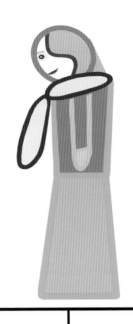

ʃɔʊɐɾ SCARF scarf

**scarf** / skɑrf / 音語 (是家父)的圍巾。

🔲 圍巾

She puts on a scarf to keep herself warm.

她戴了一條圍巾以保持溫暖。

421

scene

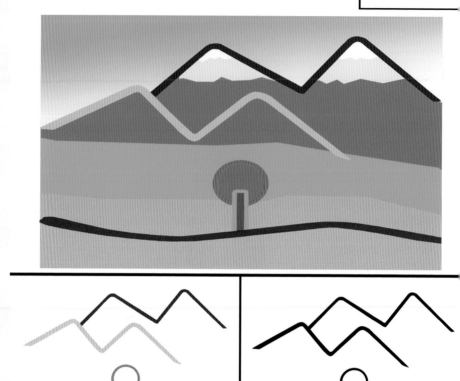

**scene** / sin / 音語 (新)景色。

**n** 場面，景色，現場

I took a picture of the beautiful scene.

我照了一張美麗景色的照片。

scent

scent scent

cent / sɛnt / 音語 (膳食)香味。

氣味，香味，嗅覺 **vt** 嗅出 **vi** 發出氣味

he dog can smell the scent of fruit.

這狗可以聞到水果的氣味。

423

scold

**scold** / skold / 音語 罵(死狗的)。

n 責罵 vt 罵，責罵 vi 罵，叱責

My mom always scolds me.

我媽總是責罵我。

scoop / skup / 音語 (四姑婆)的勺子。

n 勺子，匙，一勺 vt 用勺舀，挖出

She uses a scoop to scoop up ice cream.

她用一隻勺子來挖出冰淇淋。

sea

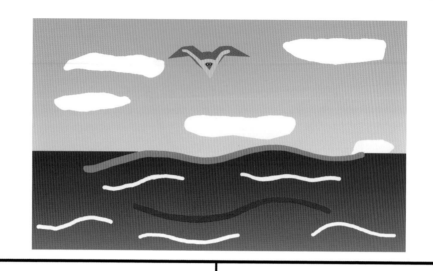

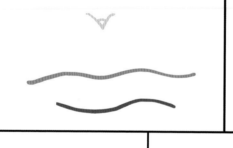 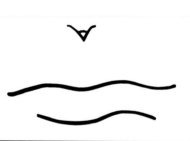

 SƐA sea

**sea** / si / 音語 (西)海。

**n** 海，海洋，海浪

A sea gull flies over the sea.

一隻海鷗在海上飛翔。

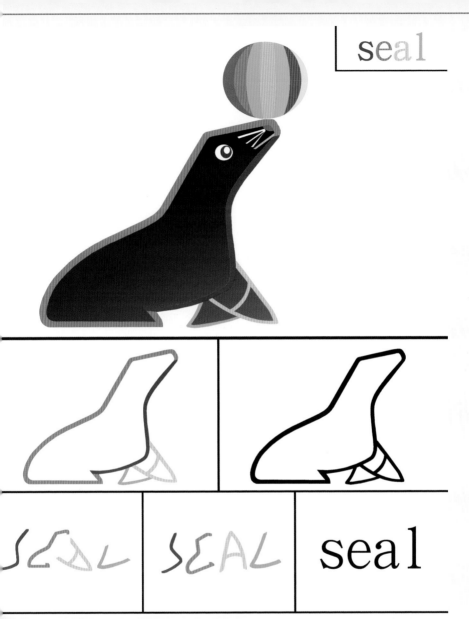

seal

| SEAL | SEAL | seal |

**eal** / sil / 音語 (希有)海豹。

印章，封印，海豹 **vt** 密封，蓋印於

he seal is playing with a ball.

海豹正在玩球。

seat

 SEAT seat

**seat** /sit/ 音語 (席子)座位。

**n** 座,座位 **vt** 使就座容納

Please fasten your seat belt, we are going to land.

請繫好座位安全帶, 我們要準備降落。

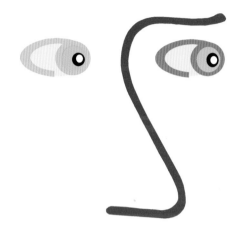

# see

ee / si / 音語 (悉)理解。

**vt** 看見，看到，理解，看作，送行　**vi** 看，看見

Did you see anything you like in this shop?

你有在這家店看到任何喜歡的嗎？

seed

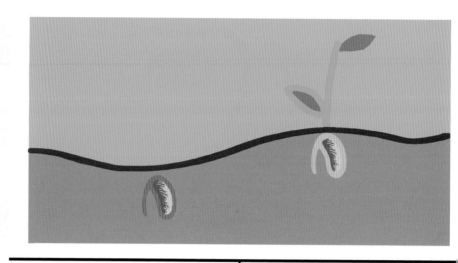

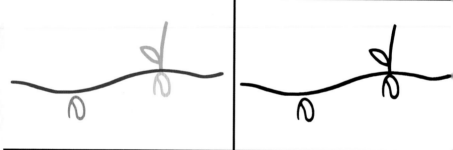

~ood seed seed

**seed** / sid / 音語 (細的)種子。

**n** 種子，籽，子孫 **vt** 播種 **vi** 播種

Farmer seeds in the spring, then harvest in the autumn.

農夫春天播種， 然後在秋天收割。

seek

**eek** / sik / 音語 尋找(稀客)。

**t** 尋找，探索 **vi** 尋找，搜查

am seeking for the way out.

戈在尋找出去的路。

431

**send** / sɛnd / 音語 送信是(善德)。

**vt** 寄，送，發送，輸送 **vi** 送信，派人

He sends gold to the king.

他把黃金送去給國王。

sex

| ʃ∩✗ | ⽷EX | sex |

**ex** / sɛks / 音語 (誰可識)性別。

性別，性行為

aving sex is very common for young couple.

輕夫婦有性行爲是很常有的事。

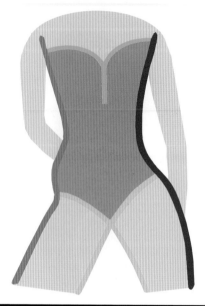

ㄙㄜㄒㄧ
sexy

**sexy** / ˋsɛksɪ / 音語 迷人的(西施)。

**adj** 性感的，迷人的

She looks very sexy.

她看起來很性感。

434

**sharp** / ʃɑrp / 音語 被鋒利的刀(嚇破)膽。

**adj** 鋒利的，尖的，敏銳的 **adv** 銳利地，急劇地

This axis is very sharp.

這把斧頭很鋒利。

shave

**shave** / ʃev / 音語 (誰敷)刮臉膏。

n 刮鬍刀，修面 vt 剃鬍，刮臉 vi 刮臉

I shave my beard every day.

我每天刮我的鬍子。

shed

SHED SHED shed

**hed** / ʃɛd / 音語 (雪的)流下。

**t** 流下，脫落 **vi** 流出，蛻皮，脫落

he tree sheds its leaves in autumn.

樹的葉子在秋天脫落。

sheep

**sheep** /ʃip/ 音語 (西部)羊。

**n** 羊，綿羊，膽小鬼

How many sheep in this farm?

這農場有多少隻羊？

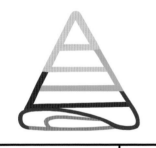 

Sh∧LL | shell

**hell** /ʃɛl/ 音語 拾貝殼(邂逅)海邊。

殼，貝殼 **vt** 去殼 **vi** 脫殼

/e put a shell in the fish tank.

戈們在魚缸裡放了一個貝殼。

439

ship

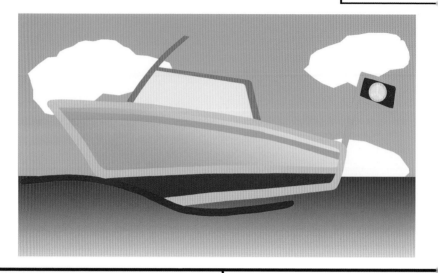

~∧⊃P ∫h⊅P ship

**ship** / ∫ɪp / 音語 (需補)船。

**n** 船，艦 **vt** 運送 **vi** 乘船

The ship voyages into the sea.

這艘船正在海上航行。

shoe

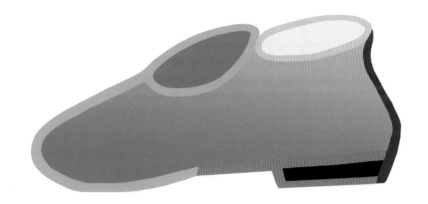

ς—ος | Shoe | shoe

**hoe** / ∫u/ 音語 (游-∫u)水鞋。

鞋，蹄鐵 **vt** 釘馬蹄鐵

fairy made shoes for the shoe maker every night.

一個小仙女每晚來幫鞋匠做鞋子。

441

**shop** / ʃɑp / 音語 商店(下舖)。

**n** 商店，工廠 **vt** 在...購物 **vi** 購物，逛商店

I am shopping in a super market now.

我現在正在一個超級市場內購物。

# shore

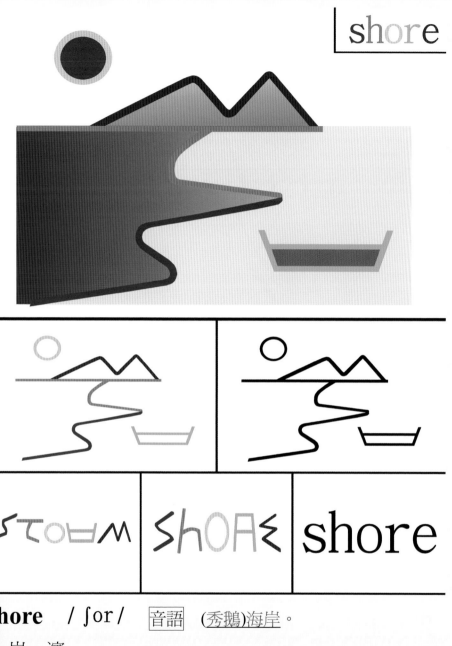

STOЯM ShOЯE shore

**shore** / ∫or / 音語 (秀鵝)海岸。

n. 岸, 濱

We walk along the sea shore at sunset.

在日落時我們沿著海濱散步。

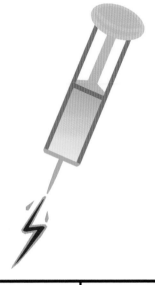

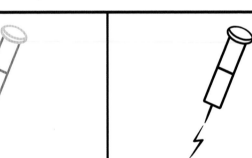

**shot** / ʃɑt / 音語 (瞎子)射門。

**n** 射門，投籃，拍攝，注射

Most of children are afraid of flu shots.

大部分的小孩都怕感冒注射。

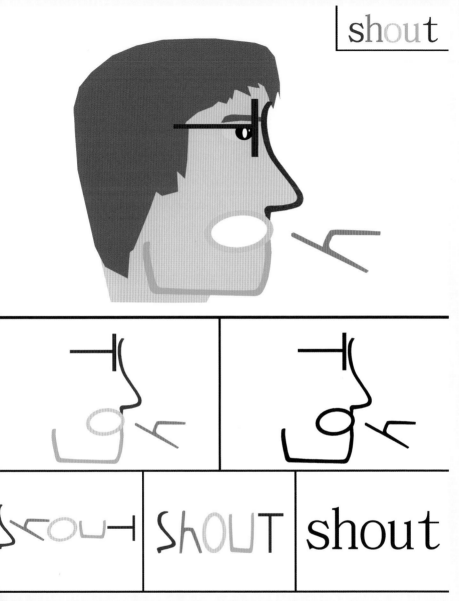

**hout** / ʃaut / 音語 (哮斥)喊叫。

呼喊 **vt** 高呼,大聲說出 **vi** 呼喊,喊叫

he coach shouts to them to run faster.

教練對他們喊叫跑快點。

445

**show** / ʃo / 音語 (秀)出表演。

**n** 展覽，表演 **vt** 顯露，演出 **vi** 顯現，上演

The naughty boy is showing off his balance skill.

這頑皮的小孩顯露他的平衡技巧。

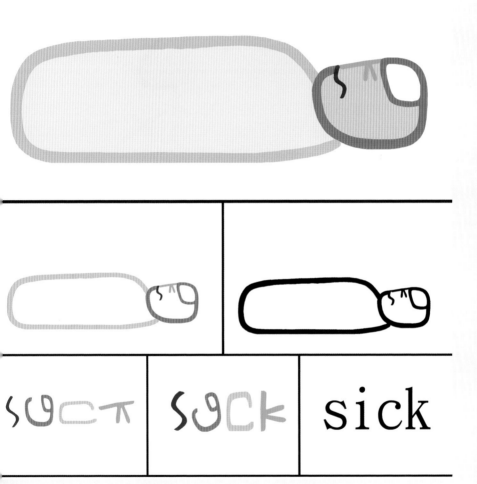

sick

**ick** /sɪk/ 音語 (虛咳)是有病的。

**dj** 有病的，想吐的

He is sick and can't come today.

他生病了， 所以今天不能來。

sigh

**sigh** / saɪ / 音語 (賽)輸嘆氣。

n 嘆氣，嘆息 vt 嘆著說 vi 悲歎，嘆氣，惋惜，思念

He sighs to express his regret.

他以嘆氣來表達他的悔恨。

| | sin |
|---|---|

sin

**sin** /sɪn/ 音語 反(省ㄒㄧㄥˇ)犯罪。

**n** 罪，罪孽 **vt** 犯 **vi** 犯罪

He cries for his sins in the church.

他在教堂中為他的罪而哭。

**sing** / sɪŋ / 音語 歌(星)唱歌。

**n** 演唱 **vt** 唱 **vi** 唱，唱歌

She is singing a song.

她正在唱一首歌。

# sink

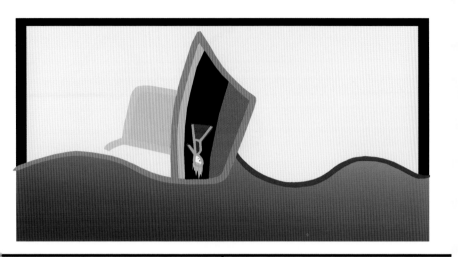

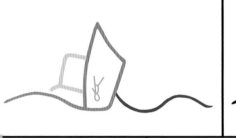 

sink

**ink** / sɪŋk / 音語 (性格)下沈。

水槽 **vt** 使下沈 **vi** 下沈，下陷

he ship is sinking after the enemy attacked it.

這船在敵人的攻擊後正在下沈。

451

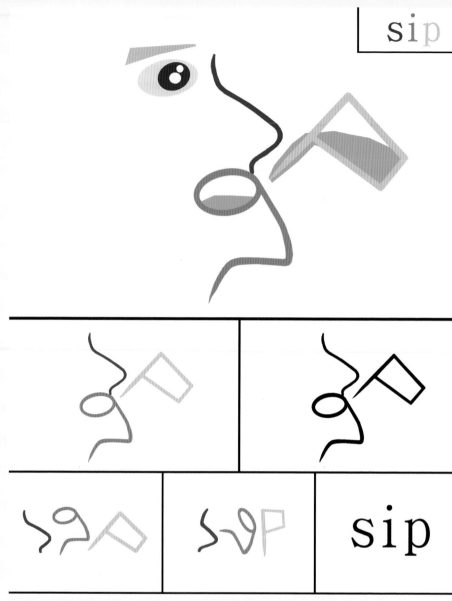

**sip** / sɪp / 音語 (吸啜)一小口。

n 啜飲，一小口 vt 啜飲 vi 啜飲

He sips the wine.

他啜飲這酒。

sit

| | |
|---|---|
| | |

| | | |
|---|---|---|
| | | sit |

**it** /sɪt/ 音語 (戲子)坐著。

**t** 使就座,騎 **vi** 坐,坐著,棲息,位於

She sits in an elegant manner.

他以一種優雅的方式坐下來。

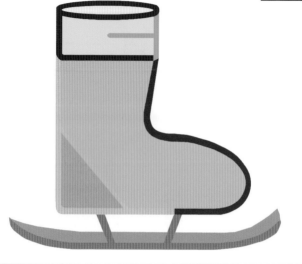

skate

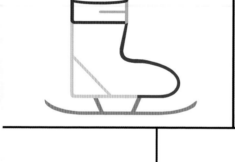  skate

**skate** / sket / 音語 溜冰鞋(是給)誰？

**n** 溜冰鞋 **vi** 溜冰

Why don't you buy a pair of skates for her?

為何你不幫她買雙溜冰鞋？

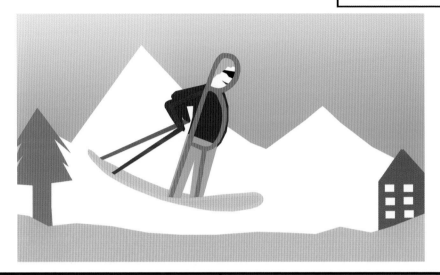

ski

ski

**ki** / ski / 音語 (司機)滑雪。

**n** 滑雪 **vt** 在...上滑雪 **vi** 滑雪

Utah State has some great ski resorts.

美國猶他州有一些不錯的滑雪勝地。

skill

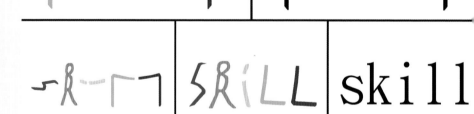

skill / `skɪl / 音語 技術退步(失氣喔)。

n 技術，技能，技術人員

It takes good skill to walk on a rope.

必須要有很好的技術才能在繩子上走路。

# skirt

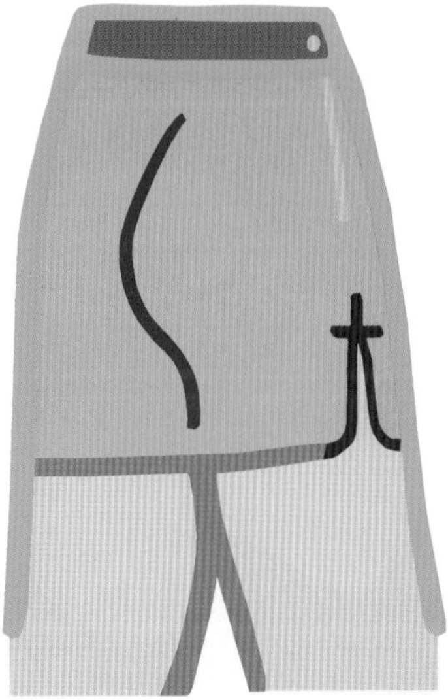

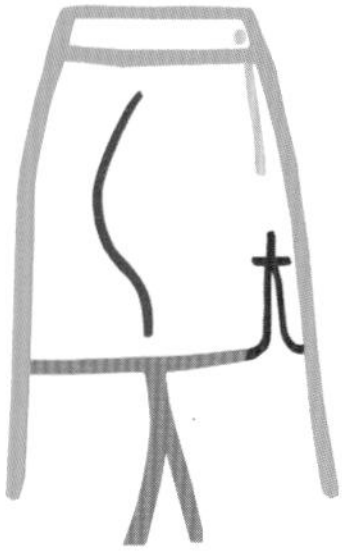

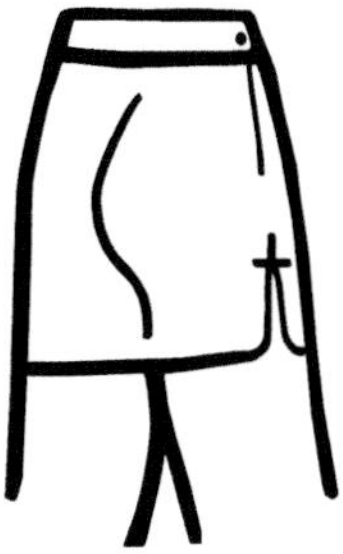

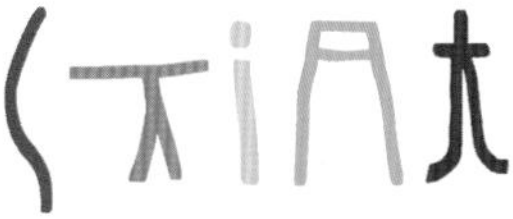

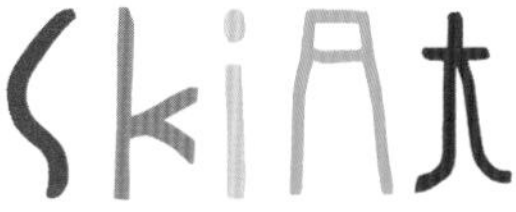

skirt

**kirt** / skɝt / 音語 (<u>是格子)裙</u>。

**n** 裙子，襯裙，外圍

he bought a new skirt.

也買了一件新裙子。

  skull

**skull** / skʌl / 音語 頭骨(是狗喔)。

**n** 頭蓋骨，頭骨，骷髏圖

We found a skull in the cave.

我們在山洞發現一個骷髏頭。

# sleep

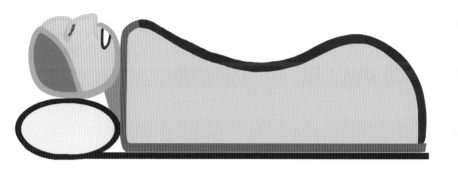

 SLEEP sleep

**leep** /slip/ 音語 在教室睡覺(失禮吧)。

睡眠 **vt** 睡(覺) **vi** 睡,睡覺,靜止

ow much sleep do you need?

需要多久睡眠時間？

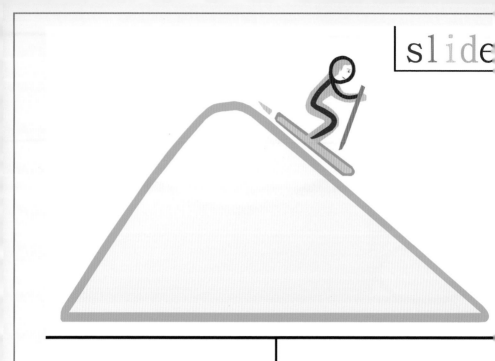

slide

s/\△e slide slide

**slide** / slaɪd / 音語 (獅來的)滑行。

n 滑,滑行,滑動 vt 使滑行 vi 滑,滑動

He slides down from the peak of the mountain.

他從山頂往下滑行。

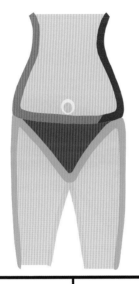

$\boxed{\text{slim}}$

SLAM SLAM slim

**lim** /slɪm/ 音語 苗條的(志玲)。 (司令)減肥。

**t** 使體重減輕 **vi** 減肥 **adj** 苗條的

he is as slim as Jane.

也是和珍一樣地苗條的。

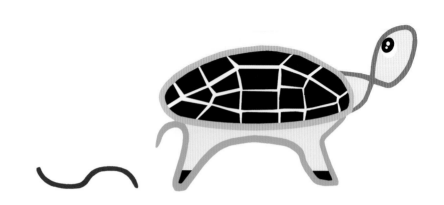

slow

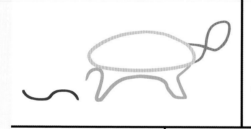

slow

**slow** / s l o / 音語 (士樓)慢慢地爬。

**vt** 放慢 **vi** 變慢 **adj** 慢的，慢了的 **adv** 慢慢地

The crawl speed of tortoise is slow.

烏龜爬行速度是慢的。

smile

sm⌒⌒e SMiLe smile

**mile** / smaɪl / 音語 微笑(是賣芋)。

◼ 微笑 **vt** 以微笑表示 **vi** 微笑，笑

Ie is smiling at you.

也在對你微笑。

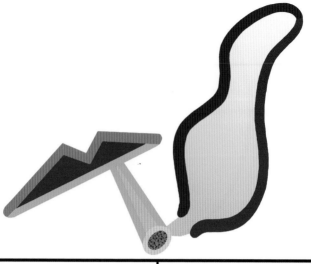

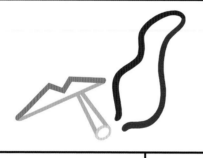

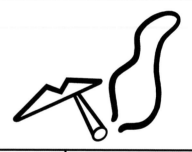

**smoke** / smok / 音語 (是某客)人在抽煙。

**n** 煙，煙霧 **vt** 抽(煙，煙斗)，燻 **vi** 抽煙，冒煙

Do you smoke?　It's better to quit smoking.

你有抽菸嗎?　你最好戒除它。

# snail

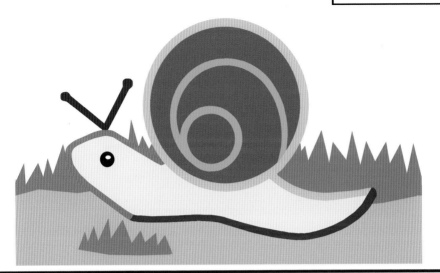

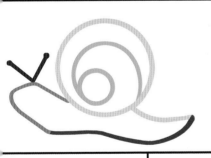

snail

**nail** / snel / 音語 蝸牛藏身(石內喔)。

蝸牛

The snail crawls on the ground.

這蝸牛在這平地上爬行。

snore

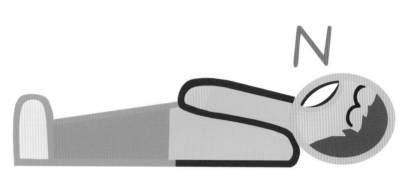

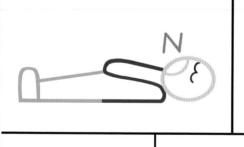 

**snore** / snor / 音語 (似聲兒)打鼾。

n 打鼾，鼾聲 vt 打鼾度過 vi 打鼾

He wasn't aware of his snore every night.

他不知道他每晚都在打鼾。

soar

| | | |
|---|---|---|
| $SOAR$ | $SOAR$ | soar |

**soar** / sor / 音語 (瘦鵝)高飛。

n 高飛 vi 飛升，高飛，暴漲

The rocket soars into the sky.

火箭飛升進入天空中。

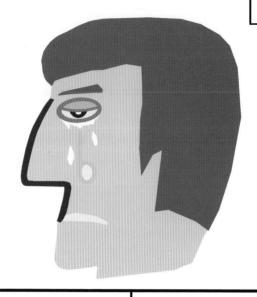

sob

**sob** / sɑb / 音語 (傻伯)嗚咽。

**n** 嗚咽 **vt** 哭訴 **vi** 啜泣，嗚咽

He sobbed about his miserable experiences.

他因他悲慘的經驗而啜泣。

solid

**olid** / `sɑlɪd / 音語 <u>實心的(沙礫的)</u>。

名 固體 **adj** 固體的，實心的，同一的，堅固的

he bowling ball is very solid.

這個保齡球是非常堅固的。

son

| ୨୦ୋ | son | son |

**son**  / sʌn /  音語  送(sʌn)兒子禮物。

**n** 兒子，年輕人

My son asks for a birthday gift.

我兒子要求一個生日禮物。

# soup

SOUP SOUP soup

**oup** / sup / 音語 (四物)湯。

▌ 湯

Vhat kind of soup do you have?

尔們有賣什麼湯？

471

space

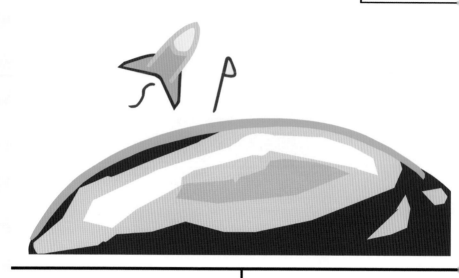

SPACE SPACE space

**space** / spes / 音語 遊宇宙再等(十輩子)。

**n** 空間，宇宙，太空，間隔 **vt** 隔開 **vi** 留間隔

The space shuttle is in outer space.

這艘太空梭是在外太空中。

speed

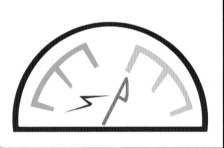 

 SPEED speed

**peed** / spid / 音語 (是比的)速度。

n 速度，快速 **vt** 快傳，促進 **vi** 速進，超速

More haste, less speed.

欲速則不達。

spell

s _ _

s _ _ _         s _ _ _

s p e _ _         s p e l l         spell

**spell** / spɛl / 音語 能(識別後)再拼寫。

n 輪班 vt 拼寫，用字母拼，輪替 vi 拼字，換班

He doesn't know how to spell the word "sea"?

他不知道怎麼拼"海"這個字？

| SPILL | SPILL | spill |

**spill** /spɪl/ 　音語　 (是逼我)洩漏。

溢出，濺出 **vt** 使濺出，流出，洩漏 **vi** 溢出

Don't spill the juice.

不要把果汁濺出來。

stage

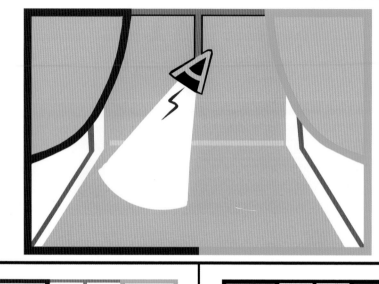

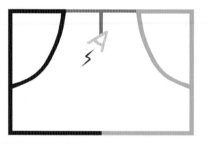 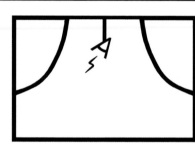

$\varsigma$⊤⊿ЯⱢ $\varsigma$⊤⊿Яⱡ stage

**stage** / stedʒ / 音語 上舞台(是得擠)破頭。

**n** 舞臺，戲劇，活動舞臺 **vt** 上演 **vi** 上演

The lights on the stage are ready now.

舞台上的燈光現在已準備好了。

| stand |

**tand** / stænd / 音語 站(四點的)班。

**n** 站立，停留 **vt** 使站立，使站起 **vi** 站立，站起

Please stand there until I call you.

請站在那裡直到我叫你。

start

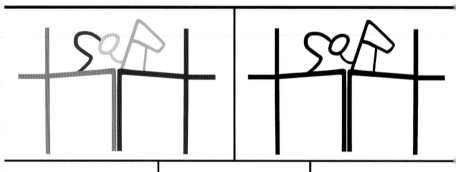

**start** / start / 音語 開始(是打字)。

**n** 起始，出發 **vt** 使開始，創辦 **vi** 開始，出發

The horse race is going to start.

賽馬就要開始了。

stem

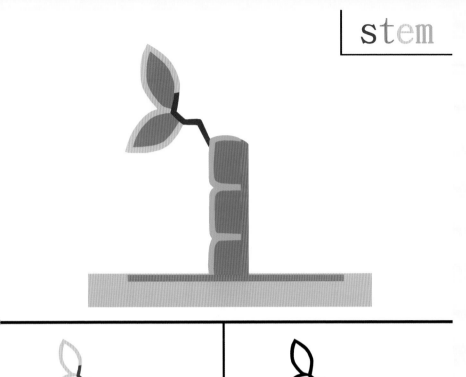

**tem** / stɛm / 音語 才(四天)莖已長。

**n** 莖，樹幹，葉柄 **vt** 裝柄，堵住 **vi** 源於，堵住

She picked the flower from the stem.

也從花的莖上摘走花。

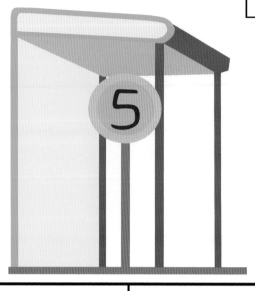

5⊥OႶ 5TOႶ stop

**stop** / stɑp / 音語 停止(廝打)。

n 停止，中止 vt 停止，阻止 vi 停止，停下來

The bus will stop over there.

公車會在那裡停下來。

stork  / stɔrk /  音語  (石頭刻)鸛鳥。

**n** 鸛鳥

A stork is a large and long-legged bird.

鸛鳥是一種大型且長腿的鳥。

storm

**storm** / stɔrm / 音語 <u>(淫凍)</u>暴風雨。

**n** 暴風雨，爆發 **vt** 猛攻 **vi** 起風暴，暴怒

She tries to walk across the campus in the storm.

她試著要在暴風雨中走路穿越校園。

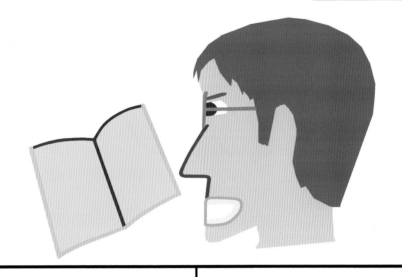

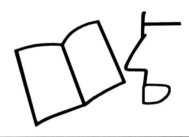

| ᒉ┤ᴗᗡᎽ | ᒉᎢᴗᗡᎽ | study |

**study** / `stʌdɪ / 音語 用功(是答題)。

n 學習，研究 **vt** 學習，研究 **vi** 學習，用功

He studies hard for the exams.

他爲考試努力用功。

sun

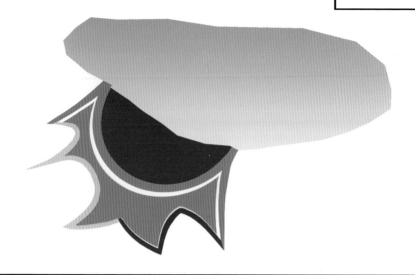

sun

**sun** / sʌn / 音語 陽光送(sʌn)暖。

**n** 太陽，陽光 **vt** 曝，曬 **vi** 曬太陽

The sun comes out of the gray clouds.

太陽從烏雲後出來。

484

# super

**super** / `supɚ /   音語   超越音(速波)。

**adj** 大的，特佳的   **pref** 超越

I like the super man movies.

我喜歡超人的電影。

485

# sure

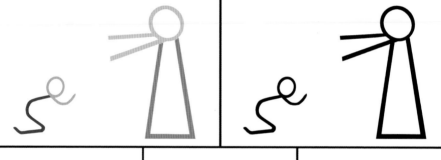

**sure** / ʃur / 音語 一定(惜 ʃur)。

**adj** 確信的，有把握的，確實的 **adv** 的確，一定

The mother's love to her kid is sure.

媽媽對她的小孩的愛是確實的。

surf

SUʀ8 surf

**surf** / sɝf / 音語 (涉浮)衝浪。 <涉海浮浪頭>

ｎ 海浪 vt 網路搜索資料 vi 衝浪

We surfed every weekend in this summer.

我們這個夏天每個週末都衝浪。

swim

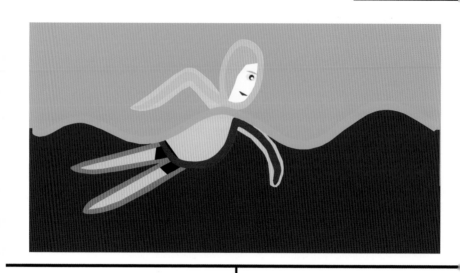

SWIM

swim

**swim** / swɪm / 音語 游泳(失溫)。

n 游泳 vt 游過 vi 游，游泳

He swims across the lake.

他以游泳橫越這個水湖。

488

# sword

 sword

**sword** / sord / 音語 出(售的)劍。

**n** 劍，刀

I show them my grandfather's sword.

我向他們展示爺爺擁有的刀。

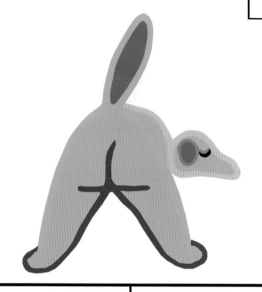

tail

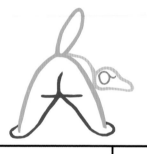  tail

**tail** / tel / 音語 (鐵猴)尾巴。

n 尾巴，尾部 vt 尾隨，跟蹤 vi 尾隨，縮小

The dog wags its tail.

狗在搖它的尾巴。

tea

| ᴴᴱᴬ | TEᴑ | tea |

**tea** / ti / 音語 (遞)茶。

**n** 茶，茶葉，茶樹

Do you want some more tea?

你要再來點茶嗎？

**tear** / tɪr / 音語 含淚(踢兒)。

n 眼淚，淚珠，水珠 vi 流淚，含淚

Tears drop every time he thinks of his mother.

每當想起他的母親他就流淚。

# teeth

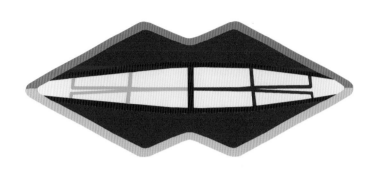

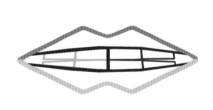
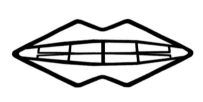

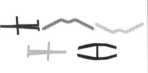
teeth

**teeth** / tiθ / 音語 (踢失)牙齒。

n 牙齒 tooth 的複數

He brushes his teeth after each meal.

他每餐後都要立刻刷牙。

493

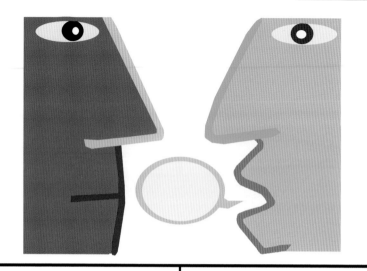

**tell** / tɛl / 音語 有吩咐拿給(te-l)誰嗎？

**vt** 告訴，講述，吩咐，辨別 **vi** 識別

Tell me more about it.

多告訴我一些跟它有關的事。

tent

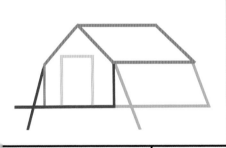 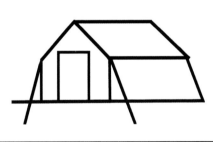

ᴜᴧᴧᴧ tεnt tent

**ent** / tεnt / 音語 (恬適)帳篷。

**n** 帳篷，住處 **vt** 以帳遮，住帳中 **vi** 住帳篷，宿營

We put up our tent beside the lake.

我們把帳篷安紮在湖邊。

test

TeST TesT test

**test** / tɛst / 音語 沒準備考試(鐵死)。

n 檢查，測驗，考試 vt 考試，試驗 vi 受測

He is taking a test.

他正在考試。

# thick

$\curvearrowleft h \frown \subset R$ 　 $7h9\subset R$ 　 thick

**thick** /θɪk/ 　音語 　厚的(席革)。

粗厚部分 **adj** 厚的，粗的，濃的 **adv** 厚厚地

need a board this thick.

我要這麼厚的木板。

# thick

ᶠhick 　/θɪk/　 音語 　 厚的(席革)。

粗厚部分 **adj** 厚的，粗的，濃的 **adv** 厚厚地

need a board this thick.

我要這麼厚的木板。

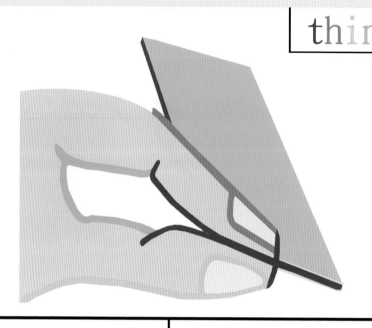

thin

thin

**thin** /θɪn/ 音語 薄的(信)紙。

**vt** 使薄 **vi** 變薄 **adj** 薄的，瘦的，稀疏的 **adv** 薄

It is as thin as paper.

它就像紙一樣地薄的。

# think

  think

**hink** / θɪŋk / 音語 (省革)思考。 <反省革新>

**t** 想，思考，認爲，想起，想要 vi 想，思索，認爲

think therefore I am.

我思故我在。

499

tie / taɪ / 音語 (汰)換領帶。

**n** 領帶，鞋帶，平手 **vt** 繫，綁，打(結) **vi** 結合

The mother teaches her child to tie his shoes.

這媽媽教她的小孩綁他的鞋帶。

time

  time

木丫ヨE 木人ME time

**ime** / taɪm / 音語 (泰母)時代。

**n** 時間，時代，時候，次，加倍 **vt** 測時 **vi** 定期的

You don't have much time.

尔的時間不多了。

tool

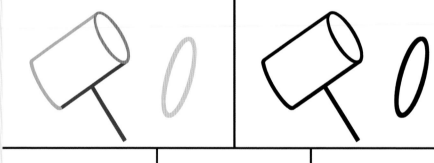

**tool** / tul / 音語 (塗偶)工具。 <塗色木偶>

n 工具，用具，器具 vt vi 用工具製作

Human invented the hammer to replace the rock as a tool.

人類發明鐵槌來替代石頭作為一種工具。

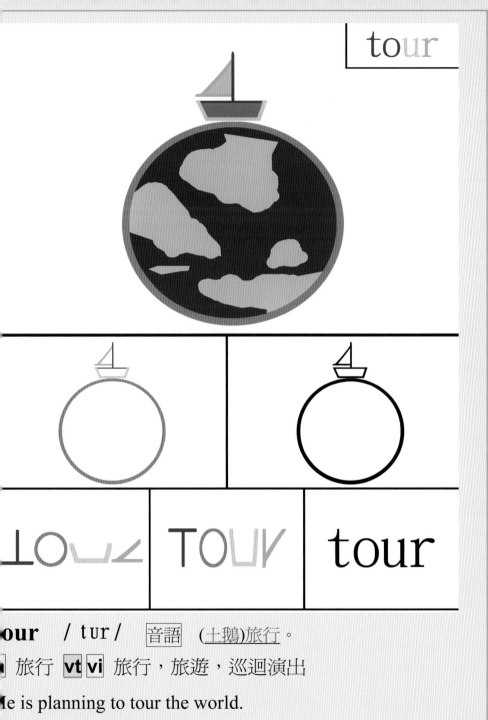

tour

**our** / tʊr / 音語 (土鵝)旅行。

n 旅行 **vt** **vi** 旅行，旅遊，巡迴演出

He is planning to tour the world.

他正在計劃去旅行世界。

**tow** / to / 音語 (偷)拉繩子。

n 拖曳 vt 拉，拖，牽

My little brother towed his wagon to gather his toys.

我弟弟拖著他的車子去收拾他的玩具。

towel

  towel

**towel** /ˋtauəl/ 音語 毛巾(套鷗)。

**n** 毛巾，手巾，紙巾 **vt** 以毛巾擦 **vi** 以毛巾擦

Use the towel to wipe your body.

用這條毛巾擦你的身體。

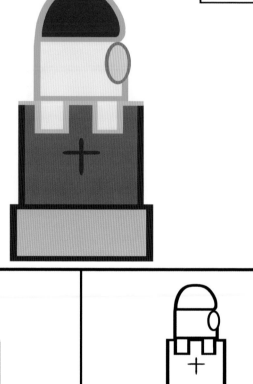

tower

**tower** / `t aʊ ɚ / 音語 (逃鵝)上塔。

**n** 塔，堡壘，高樓

There was a princess who lived in this tower.

曾經有一個公主住在這個塔內。

506

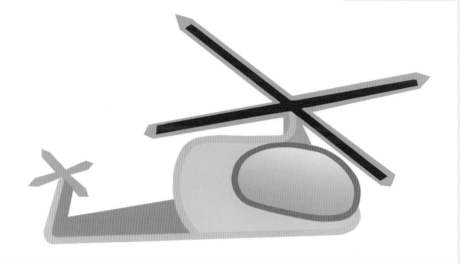

toy

| | |
|---|---|
| ⤬o⤴ | toy |

**oy** / tɔɪ / 音語 (偷移)玩具。

**n** 玩具，玩物 **vi** 戲耍，玩弄 **adj** 玩物的，玩具的

This is a toy helicopter.

這是個玩具的直昇機。

train

 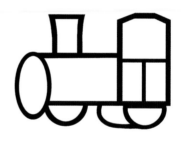 train

**train** / tren / 音語 一(吋)火車。

**n** 火車 **vt** 訓練，培養 **vi** 接受訓練，鍛鍊

This old train becomes a model for demonstration.

這老火車變成一個展示用的模型。

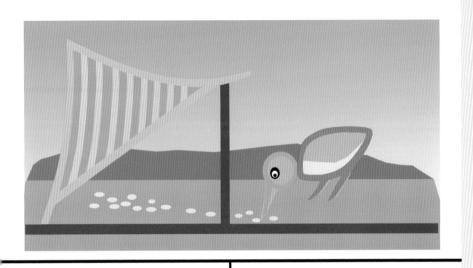

trap / træp / 音語 (找 tre-)陷阱。

n 陷阱，圈套，詭計，捕獸夾 vt 設陷阱捉 vi 設陷阱

The farmer uses his straw hat to set a trap to catch birds.

這農夫用他的草帽做了一個陷阱來捉小鳥。

tree

**tree** / tri / 音語 腿(tri-)般粗樹木。

**n** 樹木，喬木，木製品，世系圖

This tree that sits in this plain is called the tree of philosoph

這株座落於平原上的樹被稱做哲學之樹。

trial

**trial** / `traɪəl / 音語 試用(踹喔)。

**n** 選拔賽，試用，審判

The coach decides all players can join the trial.

教練決定所有球員都可參加選拔賽。

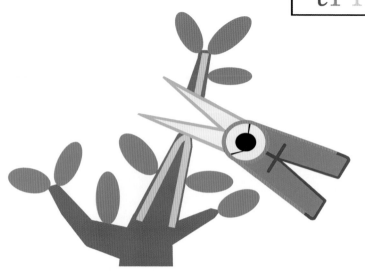

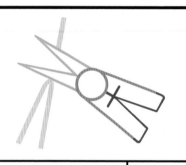 

**trim** / trɪm / 音語 <u>修正(嘴 m)形</u>。

**n** 修剪 **vt** 修剪，削減 **vi** 消滅，修正 **adj** 整齊的

He trimmed twigs off the tree in the morning.

他早上修剪這樹的小枝。

⊥﹈ＵＵＫ TRUCK truck

**truck** / trʌk / 音語 (抓個)卡車。

**n** 卡車，載貨汽車 **vt** 與...交易 **vi** 進行交易

My uncle has a truck.

我叔叔有一輛卡車。

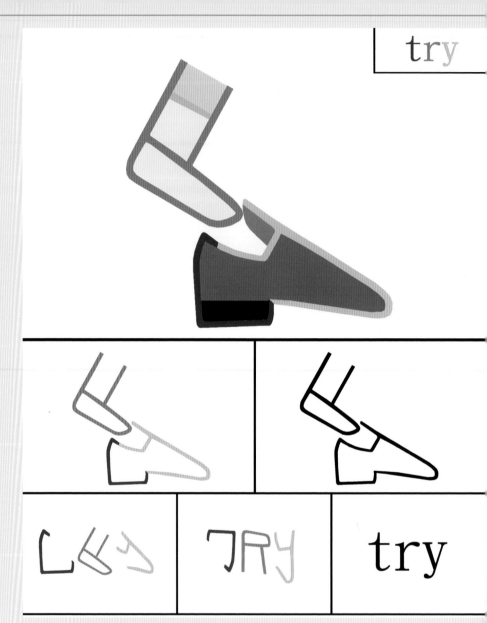

**try** / traɪ / 音語 試著(攲)摩。

n 努力，試 vt 試圖，努力，試試，審理 vi 努力，試

Let me try this shoe on.

讓我試試這隻鞋子。

**turn** / tɝn / 音語 (騰)空轉動。

**n** 轉動 **vt** 使轉動，使旋轉，使轉向 **vi** 轉動，轉彎

The top is turning around.

這陀螺到處轉。

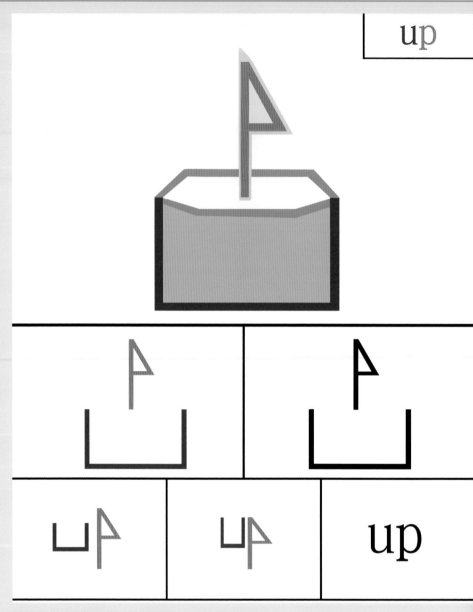

**up** / ʌp / 音語 (惡補)向上。

n 上升 adj 向上的 adv 向上，上升 prep 在...之上

Please keep this side up.

請把這一面朝上。

urn / ɝn / 音語 (摁)入甕中。

n 甕，缸，咖啡壺，骨灰甕 vt 裝進甕

It is said the urn is 4000 years old.

據說此甕已經有 4000 年之久。

USA ⬚音語⬚ (usa)美國。

**n** 美利堅合眾國

The cow boy is a symbol of the USA.

牛仔是美國的象徵。

vest

  vest

vest ／ vɛst ／ 音語 沒背心(非失策)。

n 背心，內衣，馬甲 vt 使穿衣，授予 vi 穿衣

The sweater vest can keep you warm in the winter.

這毛線背心可讓你在冬天保持溫暖。

waist

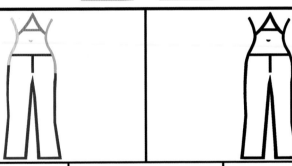

WAIST WAIST waist

waist / west / 音語 腰(胃是這)。

n 腰,腰部,腰身,背心,緊身胸衣,機船中段

Her waist is small.

她的腰身很小。

walk

walk / wɔk / 音語 走路會讓(我渴)。

n 走，走路，步行場所 vt 沿..走，推著...走 vi 散步

I exercise by walking every day.

我每天以走路作運動。

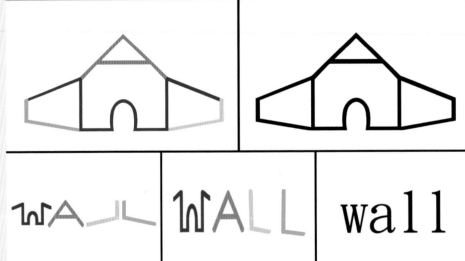

**wall** / wɔl / 音語 睡(臥)牆邊。

**n** 牆壁，圍牆，城牆 **vt** 用牆圍住

They built high walls around the house.

他們圍繞著房子建造高牆。

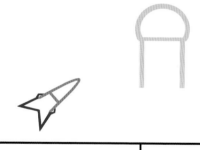  

 ᴡᴀꞧ war

**war** / wɔr / 音語 (我鱷)打仗。 <我和鱷魚>

**n** 戰爭，軍事 **vt** 戰爭，打仗

This is a war between two different cultures.

這是兩個不同文化之間的一個戰爭。

|  |  |

| ᴡᴀʀᴍ | ᴡᴀʀᴍ | warm |

**warm** / wɔrm / 音語 老(翁)暖和的。

**n** 加熱 **vt** 使暖和 **vi** 變暖和 **adj** 溫暖的，暖和的

We feel warm with the camp fire.

營火使我們感到暖和的。

# wash

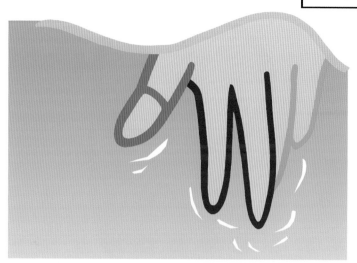

**wash**　/ waʃ /　音語　我(哇洗)洗手。

**n** 洗，洗衣店 **vt** 洗，洗滌 **vi** 洗手，洗臉，洗澡

Washing hands before dining is a good habit.

用餐前洗手是很好的習慣。

watch

ᴡᴀᴛᴄʜ ᴡᴀᴛᴄʜ watch

**watch** / wɑtʃ / 音語 (挖去)手錶。

**n** 手錶，監視，注意 **vt** **vi** 觀看，注視，等待，當心

This watch is a present from my father.

這隻手錶是父親給我的禮物。

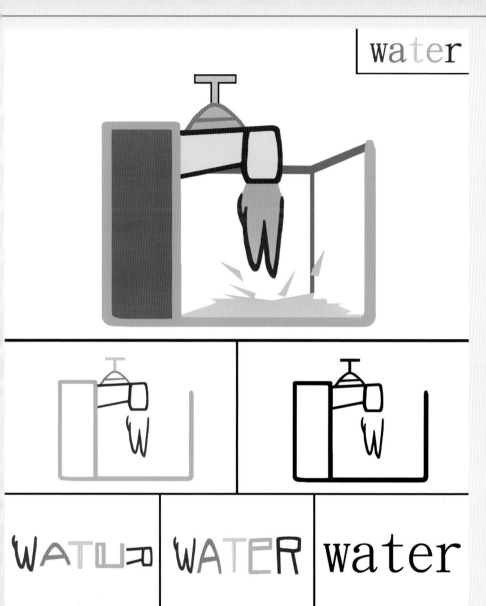

**water** / `wɔtɚ / 音語 (我的)水。

**n** 水，流體，海域 **vt** 給...澆水

People use water to wash their hands.

人們用水來洗他們的手。

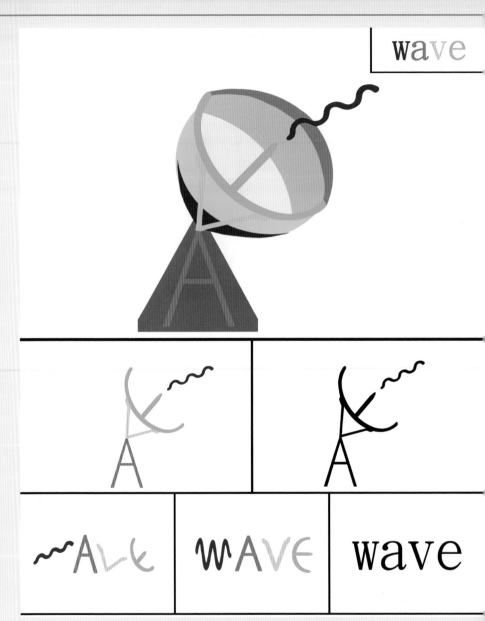

wave / wev / 音語 (畏伏)揮手投降。

**n** 波，波浪，揮手，浪潮 **vt** 揮手 **vi** 起伏

We send radio waves to the universe.

我們對宇宙發送無線電波。

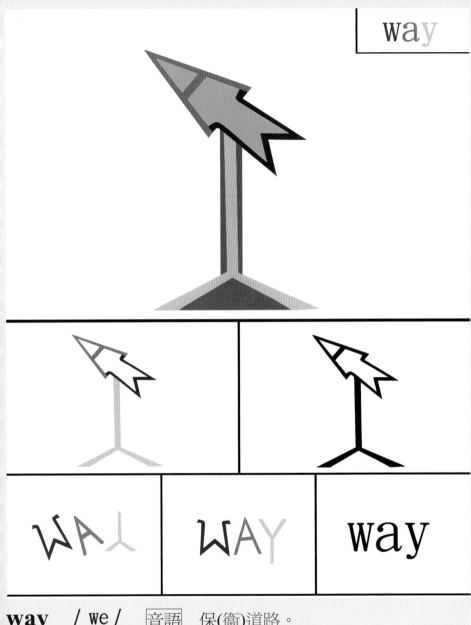

**way** / we / 音語 保(衛)道路。

**n** 路，道路，通道，方向，方法，方式

Make sure of the way you go before you start.

在你開始之前先確定你要走的方向。

WE<R　WEAR　wear

**wear** / wɛr / 音語 (為兒)穿戴。

n 穿戴，磨損 vt 穿，戴，佩帶，磨損 vi 穿破，磨損

Wear your coat, or else you'll be cold.

穿上你的外套，不然會冷。

weigh

**weigh** / we / 音語 <u>稱...(胃)的重量</u>。

**vt** 稱...的重量 **vi** 有...重量

How much does he weigh?

他有多重？

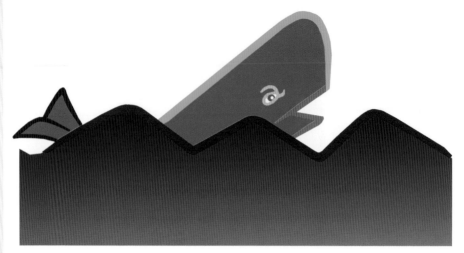

whale

MHaLE
whale

**whale** / hwel / 音語 開(會後)捕鯨。

**n** 鯨魚 **vi** 捕鯨

We see a whale in the sea.

我們在海中看到一隻鯨魚。

**which** / hwɪtʃ / 音語 (會去)哪一個？

pron 哪一個，那一個

Which seat will you take?

你要坐哪一張椅子？

whole

ᴡRᴏ◠◠  ᴡRᴏle  whole

**whole** / hol / 音語 (候)全體進場。

**n** 全部，全體 **adj** 全部的，所有的

The whole property he has is a parcel.

他所有的財產就是一個包裹。

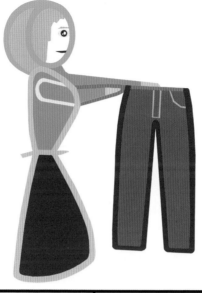

wife / waɪ f / 音語 出(外扶)太太。

**n** 太太，妻子，夫人

My wife dries my pants.

我妻子把我的長褲弄乾。

wind

W⌐⌐∏◻   Wﾚ∏◻   wind

**wind** / wɪnd / 音語 (巫鷹的)風。

n 風，轉動 vt 捲繞，轉動，搖 vi 纏繞

Open the window so the wind can blow into the house.

把窗戶打開讓風能吹進屋子裡。

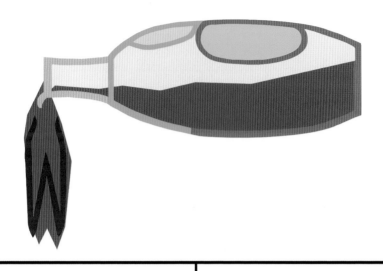

wine

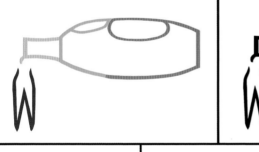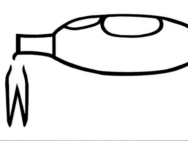

wine

**wine** / waɪn / 音語 (懷恩)酒。

**n** 酒，葡萄酒，水果酒 **vt** 請...喝酒 **vi** 喝酒

Let's drink some wine to celebrate.

讓我們喝一些酒來慶祝。

**wish** / wɪʃ / 音語 (為許)願望。

**n** 希望，願望 **vt** 但願，希望，祝願 **vi** 希望，想要

"You can have three wishes", said the lamp Genie.

燈神說： 你可以有三個願望。

**witch** / wɪtʃ / 音語 巫婆傳說(無依據)。

**n** 巫婆，魔女 **vt** 施巫術，蠱惑

The witch flies on her broomstick over the house.

巫婆坐著她的掃把在房屋之上飛行。

wolf

**wolf** / wulf / 音語 色狼(無福)。

**n** 狼，色狼，兇殘的人 **vt** 狼吞虎嚥

The wolf walks to us gradually.

這匹狼漸漸地走近我們。

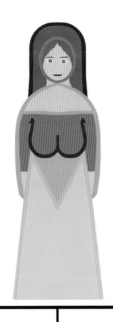

woman

ωoмαn ωoмαn woman

**woman** / ˋwʊmən / 音語 (舞門)女人。

**n** 女人，女性，婦女 **adj** 婦女的，女性的

A man should protect a woman.

男人應該保護女人。

**womb** / wum / 音語 (穩)住子宮免流產。

**n** 子宮，胎，發源地，孕育處

Every woman has a womb.

每一個女人都有一個子宮。

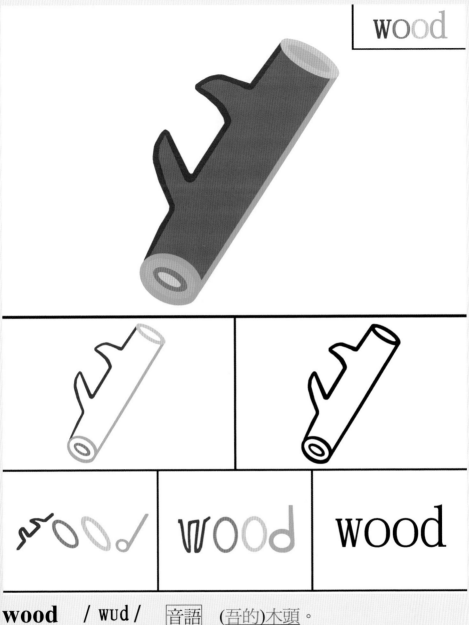

**wood** / wʊd / 音語 (吾的)木頭。

n 木頭，木柴，森林 vt 植樹 vi 採柴 adj 木製的

I pick the wood from the river side.

我從河邊撿起木頭。

| ꟽOЯꞀ | ꟽOЯꝁ | work |

**work**  / wɝk /  音語 (吾餓可)工作。

n 工作，職業，著作  vt 使工作  vi 工作，幹活

Your work is moving these boxes to there.

你的工作是把這些箱子搬到那裏。

544

worm

WORM

worm

**worm** / wɝm / 音語 (問)蟲何處去。

**n** 蟲，蠕蟲，蚯蟲 **vt** 使蠕動 **vi** 蠕動

The worm crawls across my back yard.

這隻蟲爬過我的後院。

write

write

**write** / raɪt / 音語 (來次)寫作課。

**vt** 寫，書寫，謄錄，寫入，寫作 **vi** 寫字，寫作

Pupils are learning how to write.

學童們正在學如何寫字。

wrong

**wrong** /rɔŋ/ 音語 不(容)錯誤。

n 錯誤，壞事 **adj** 錯誤的，不對的 **adv** 錯誤地

Mother scorns me because I was wrong.

媽媽責罵我因為我錯了。

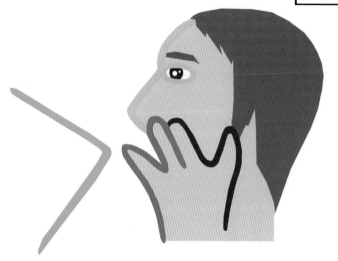

yell

**yell** / jɛl / 音語 叫喊(爺喔)。

**n** 叫喊 **vt** 喊著說，高聲嚷 **vi** 叫喊，吼叫，吶喊

What are you yelling for?

你在吼叫什麼？

yolk

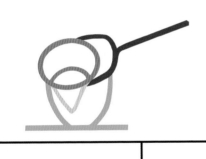

YOLK yolk

**yolk** / jok / 音語 蛋黃(有殼)。

**n** 蛋黃

You can see the yolk in the center of an egg.

你可以在一顆蛋中間看到蛋黃。

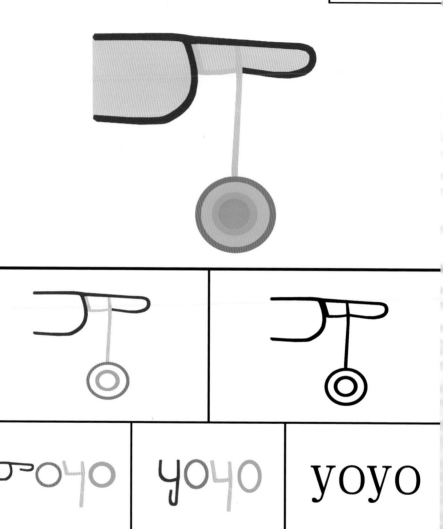

**yoyo** / jo-jo / 音語 (幼幼)溜溜球。

n 溜溜球

Yoyo is a popular toy in this primary school.

溜溜球在這個小學裡是一個受歡迎的玩具。